Rob Versluijs

De kleuter die uit de trein stapte en verdween

Een familie verhaal

novum 🕮 pocket

© 2024 novum publishing

ISBN 978-3-903468-61-0
Omslagfoto:
Alexey Ivanov | Dreamstime.com
Ontwerp omslag, lay-out & typografie:
novum publishing

www.novumpublishing.nl

Print product with financial
climate contribution
ClimatePartner.com/16547-2311-1001

Inhoud

Hoofdstuk 1: Inleiding, de Pyreneeën 7

Hoofdstuk 2: Bert leert Gerard kennen 10

Hoofdstuk 3: Maria wordt Pien en Jan
wordt Vader 17

Hoofdstuk 4: Een armzalig bestaan bij
een grote smederij 32

Hoofdstuk 5: De Familie Marconnet
verhuist naar Frankrijk 67

Hoofdstuk 6: Nederlanders op vakantie
in de Pyreneeën 107

Hoofdstuk 7: Gerards Jeugd 115

Hoofdstuk 8: De verloren zoon komt
terug in het Hollandse nest 143

Hoofdstuk 9: Grote problemen in
Gazeres de Garonne 168

HOOFDSTUK 1:

Inleiding, de Pyreneeën

De Pyreneeën liggen op de grens tussen het Iberisch schiereiland en Frankrijk. Het gebergte is ontstaan toen de plaat van het continent Afrika tegen de Europese plaat botste. Deze botsing leverde een ring van bergketens op, beginnend in de Pyreneeën, via de Alpen, de Balkan, en eindigend in Turkije. De Pyreneeën is een ruw gebergte met meer dan 125 bergen boven de 3000 meter. In dit gebied wonen ongeveer 2,5 miljoen mensen met verschillende achtergronden, culturen en talen zoals de Basken en Gascons, de Fransen en Iberiërs.

Het gebied tussen Toulouse en de hoge Pyreneeën heeft een mediterraan klimaat. Het wordt doorkruist door beken en rivieren, die duizenden jaren lang slib hebben meegevoerd naar lager gelegen dalen. Dit heeft een uitermate vruchtbare grond opgeleverd voor landbouw en veeteelt. De Pyreneeën hebben een belangrijke rol gespeeld tijdens de burgeroorlog, de tweede wereldoorlog en de tijd van dictatuur onder Franco. In 1931 werd de republiek Spanje uitgeroepen. De grote macht van de katholieke kerk, die het Spaanse volk eeuwenlang klein gehouden heeft, wordt ingedamd. De staat en de kerk worden van elkaar gescheiden. De nieuwe republiek neemt een nieuwe linkse grondwet aan die bepaalt dat de lonen van de priesters, kloosterlingen en andere godsdienaars niet meer uit de staatskas gefinancierd worden. Het burgerlijk huwelijk en scheidingen worden wettelijk toegestaan. De jonge republiek liep niet op rolletjes. Er kwamen stakingen en protesten. Veel mensen worden door het nieuwe regime vastgezet. Opstanden tegen het regime worden hard aangepakt. Na een rustige verkiezing in 1935 komt er een nieuwe regering, met deelname van het "Volksfront". Dit viel niet in de smaak van de generaals. Door de inmenging van de generale staf groeit de onrust bij het volk. De chaos wordt groter als de socialisten meer en meer grond van grootgrondbezitters en kloosters confisqueren. De landbouw, een belangrijke economische pijler van Spanje, stagneert, omdat de nieuwe socialistische machthebbers geen kaas gegeten hebben van landbouw. Oogsten mislukken, en de honger neemt toe. Er komen meer aanslagen, geweld, wapens en bommen. De linkse oppositie besluit zich te gaan bewapenen. De falangisten, een fascistische organisatie, doen hetzelfde, en ook het leger begint zich ermee te bemoeien. In 1937 wordt de stad Guernica gebombardeerd door de Duitse Luftwaffe, op verzoek van de Spaanse generale staf. Vervolgens wordt in 1938 Barcelona gebombardeerd door Mussolini uit Italië, die een aanzienlijk areaal aan jachtvliegtuigen ter beschikking stelt. Er vielen 1300 doden en 2000 gewonden. De chaos is compleet. In 1939 begon een bloedige burgeroorlog. De generaals verzetten zich tegen de regering van de Spaanse Republiek. Franco neemt de macht over, en zal tot 1975 als dictator de macht over Spanje hebben.

Deze ontwikkelingen hebben grote invloed op de bevolking in de Pyreneeën. Tijdens de burgeroorlog hebben zij grote hoeveelheden wapens via smokkelwegen naar Spanje gebracht. Een belangrijke smokkelroute loopt van Toulouse, over naar Bagnères-de-Luchon en vanuit daar via verschillende smokkelroutes naar Barcelona en andere steden in Spanje. In de chaos van 1939 en de daaropvolgende jaren, besloten vele Spanjaarden te vluchten naar het Noorden. Onder hen is ook de familie Pedro en Isabel Marconnet met hun drie maanden oude baby Claude. Ze willen niet dat hun kind opgroeit in een oorlogsgebied. Ze verkochten hun boerderij en bijna al hun bezittingen, om met dat geld een nieuw leven op te bouwen in het veilige Frankrijk. De baby, Claude Marconnet, en zijn ouders vertrokken begin 1940 naar de Pyreneeën.

Na de nederlaag van Frankrijk in juni 1940 kreeg Duitsland ook toegang tot de Franse koloniën. Het naziregime overweegt de miljoenen Joden naar Madagaskar te deporteren, het zogenaamde "Madagaskarplan". Het werd echter nooit uitgevoerd, met name vanwege de zeeoorlog tegen Groot-Brittannië en Engelse soevereiniteit over de bijbehorende zeeroutes. Nog hetzelfde jaar eindigdet het Madagaskarplan. In plaats daarvan begon het naziregime vernietigingskampen te bouwen. Vele Joden probeerden te vluchten. Een belangrijk toevluchtsoord is Spanje, omdat dictator Franco tegen de Jodenvervolging was. In Spanje zijn de Joden daarom nooit vervolgd. De belangrijkste vluchtroute was via Vichy naar Frankrijk over de Pyreneeën. In juni 1940 besloot de 18-jarige Claude Giroud te vluchten vanuit Parijs naar Noord-Spanje. Te voet trekt hij door de Pyreneeën via Bagnères-de-Luchon. Twee maanden na zijn vertrek bereikte hij een voorstad van Barcelona. Hij had nauwelijks geld om te leven en deed zijn uiterste best een baan te vinden. Bij een grote ijzergieterij en smederij hangt een biljet waarop staat dat het bedrijf medewerkers zoekt. Hij gaat naar het kantoor van het bedrijf waar hij gelijk wordt aangenomen.

HOOFDSTUK 2:

Bert leert Gerard kennen

Oorspronkelijk wilde Bert van Sluis arts of dierenarts worden. Zijn ouders hadden echter andere plannen. De droom van vader Ben, een procesingenieur bij een groot ingenieursbureau in de Randstad, is een zoon te hebben die in de voetstappen van zijn vader kon staan. Zijn grootste wens was dat Bert als Delfts procesingenieur, bij de crème de la crème van de ingenieurswereld zou gaan horen. Hij vond het belangrijk dat zijn zoon zich volledig aan dit vak zou wijden, en om dit te realiseren is het belangrijk thuis te wonen en zo min mogelijk afleiding te hebben. De achttienjarige zoon had echter andere ambities. Hij had bij toeval de magie van de liefde ontdekt, waardoor zijn ambitie ook het vrouwelijk schoon betrof. De moeder, uit een kuis, streng katholiek gezin, eiste echter een celibatair leven tot het moment dat de kerk een goedachten gaf op een seksuele daad. Kortom, een generatieconflict. Na een kleine drie-en-een-half jaar rondgehangen te hebben in de Delftse collegezalen had hij er geen zin meer. Hij had zijn bachelordiploma, en wist dat hij dat nooit zou gaan gebruiken. Zijn credo was "Mensen zijn complexer en interessanter dan chemische processen". Daarom besloot hij een tweejarige aanvullende opleiding te doen voor het beroep scheikundeleraar. Ondertussen was hij ook gaan samenwonen met zijn vriendin Saskia in een huurwoning, wat echter niet lang standhield. Gebroken van verdriet, besloot hij zich volledig op zijn docentenstudie te richten. Hij slaagde met een 8,5. Na de zomer 2004, aan het begin van het schooljaar, kreeg hij zijn eerste baan, bij de Hofwijck Lyceum in Rijswijk-West, slechts zeven kilometer verwijderd van zijn woning, een gezonde fietsafstand. Het Hofwijck Lyceum is gehuisvest in een naargeestig, betonnen gebouw uit de zeventiger jaren, waar in de loop der decennia verschillende uitbreidingen gedaan zijn die allen detoneerden bij de oorspronkelijke architectuur en haar omgeving. Het gebouw ademt niet de sfeer die hoort bij een inspirerende leeromgeving. Het is een gebouw waar je bedrukt naar binnen gaat en opgelucht het pand weer verlaat. Veel scholieren van het Hofwijck Lyceum komen uit wijken, zoals het Laakkwartier, met zijn vele sociale-beton-woningbouwcomplexen. Er is een uitgebreide straatcultuur die weinig inspirerend is voor een schoolcarrière. Niet voor niets kiezen meerdere van deze kinderen ervoor, voortijdig de opleiding te beëindigen, om een nieuwe, florissante carrière te beginnen in de gokwereld, genotmiddelen en andere criminele activiteiten. De wijk slokt vele kinderen op, waarvan de meesten één of meerdere penitentiaire instellingen langdurig aan de binnenkant hebben bekeken. Maandag 15 Augustus begint zijn eerste werkdag met een gesprek met de conrector van de onderbouw (de eerste drie jaren). Hij geeft het advies om per les minstens drie "kleine debielen" uit de klas te werpen, om meer respect af te dwingen bij de kinderen. "Ik wil dat de kinderen zich onderwerpen aan de autoriteit van de leraar." Deze tactiek blijkt echter in de praktijk niet te werken. Het leidt tot veel meer onrust en gevoel van onveiligheid bij de meeste kinderen. De onveiligheid wekt agressie en vandalisme op. Wat niet al tijdens de lessen van zijn voorgangers beschadigd of vernietigd was, wordt verder gesloopt. Met intense inspanning probeert hij nog enige chemische informatie naar de kinderen over te brengen. Aan het eind van de les is hij uitgeput. Ieder lesuur neemt zijn hoofdpijn verder toe, en dat maakte hem misselijk. Na drie uur lesgeven hijst Bert zich vermoeit naar de lerarenkamer voor de middagpauze. Hij voelt zich tien jaar ouder. De ruimte in de lerarenkamer is veel te klein voor de grote hoeveelheid leraren. Met zijn broodtrommel in de hand probeert Bert ergens een plaats te vinden. Eén tafel had nog een beetje plaats, ware het niet dat een leraar zijn krant pontificaal had uitgespreid op de gehele tafel. Bert schuift een stoel aan en zet zijn broodtrommel op de krant. Voor de man is dit een oorlogsverklaring. Met een arrogante toon beval hij "dat zijn spullen zo snel mogelijk moeten worden verwijderd en dat hij een andere plaats moet zoeken". Vrij luid vroeg Bert of hij zijn "reservering voor deze tafel kan tonen".

"Als u dit niet heeft en/of het niet geldig is, verzoek ik u nu direct een andere tafel te zoeken." (Bert had enige horeca ervaring). Door bijval van vele andere collega's, voelt de man met de krant zich verslagen. Het duurt enige minuten voordat hij weer het woord neemt. Hij neemt het sportief op, feliciteerde Bert omdat hij de eerste is die de ballen heeft om aan zijn tafel te zitten. "Let niet op al die sissies hier, dit wordt onze mannenstamtafel." Hij stelt zich voor als Gerard, de leraar Frans. Zijn manier van praten heeft een zwaar accent, waarschijnlijk vanuit België. Na de pauze gaat Bert weer terug naar het deprimerende scheikundelokaal. Staande in een leeg lokaal, ziet hij hoe aftands het hele lokaal was. Houten banken, met tussen iedere twee stoelen een wasbekken met een gas- en waterkraan. Vele kranen functioneren niet meer, sommige zijn met grof geweld ontworteld van hun aansluiting. Scheuren in de wasbakken. Een oud zwart schoolbord waar nauwelijks meer op te schrijven is en een digibord dat gedecoreerd is met markeerstift teksten, waarbij hij indruk heeft dat zowel de leraren als de scholieren te primitief zijn om dit te kunnen gebruiken. Snel wordt de klas weer gevuld met zesentwintig vijftienjarigen die niet de indruk maken enige interesse in het vak scheikunde te hebben. Bert gebruikt de volgende twee lesuren alleen om de kinderen te leren kennen, en hun kennis van het vak scheikunde te testen. Een deprimerende exercitie, met de conclusie dat de meeste kinderen nauwelijks wat van het vak meekrijgen of begrijpen. Na een lange dag hard ploeteren, hijst hij zich weer richting de uitgang. Net voor Bert de buitendeur kan bereiken, stapte Gerard naar Bert, drukte zijn hand en feliciteerde hem. "Welkom op de educatieve Highway to Hell. Ik weet wat je meegemaakt hebt. De herrie in je klas was vijf lokalen verder nog te horen. Zo zijn wij allemaal begonnen. Uiteindelijk is het voor de meeste leraren het mooiste vak dat er bestaat. Kennis over te dragen aan kinderen en daarmee een basis te leggen voor hun verdere loopbaan, is de grootste beloning voor iedere docent. De eerste vier weken zijn erg zwaar; lessen voorbereiden, toetsen voorbereiden en afnemen, gesprekken met ouders, rapportcijfers inleveren."

Gerard ontpopt zich in de loop der tijd steeds meer als Bert's mentor. Iedere dag is hij het klankbord en de adviseur van Bert. Zonder zijn hulp had Bert het nooit gered. Gelukkig kent het onderwijs vele vakanties om weer op krachten te komen. Kort na de herfstvakantie nodigt

Gerard Bert uit bij hem te eten. Op het menu staan Franse specialiteiten. Dit geeft Bert het vermoeden dat Gerard toch niet uit België komt. Het eten is voortreffelijk, en hij schenkt een rijkelijke hoeveelheid Franse wijn. Gerard vertelt dat hij lang in Frankrijk heeft geleefd. Bert stelt hem vele vragen; waar hij gewoond heeft in Frankrijk, welk onderwijs hij daar heeft gehad en waarom hij naar Nederland gekomen was. Op iedere vraag geeft Gerard ontwijkende antwoorden en zijn humeur wordt met iedere vraag slechter. Het wordt Bert duidelijk dat Gerard een deksel heeft die maar beter dicht kan blijven. Helaas is de wijnconsumptie dusdanig dat autorijden niet meer verantwoord is. Die avond heeft Bert in zijn ondergoed op een stretcher geslapen, op een behoorlijk koude zolder. De volgende maanden gaat Berts doceren en het in toom houden van de kinderen met sprongen vooruit. Gerard heeft daar een grote bijdrage aan geleverd. Hij heeft altijd tijd om Berts ervaringen te horen, hem feedback en ondersteuning te geven. De donkere dagen voor de kerst naderden en Bert heeft weinig zin om de gehele kersttijd samen met zijn familie op de sofa te zitten. Bert besluit, buiten de twee verplichte familiare dagen, hun kersttijd gezamenlijk door te brengen bij Gerard. Hij heeft voldoende alcoholica en dvd's om vele dagen mee door te komen. Daarnaast hebben ze de intentie om ook nog wat cultureels en museaals te doen, waar in de praktijk weinig van terecht kwam, afgezien van een kort bezoek aan het Haagse Gemeentemuseum. Na de kerstvakantie trekken Gerard en Bert steeds meer met elkaar op. Het valt Bert op dat Gerard erg gedreven is om "achtergestelde kinderen" een volwaardige plaats in de samenleving te geven. Hij toont daarbij een fanatische gedrevenheid.

Voor hem is dit een missie die hij moest volbrengen. Bert vraagt Gerard herhaaldelijk waarom dit zo belangrijk voor hem was. Hierop geeft hij slechts ontwijkende antwoorden die zijn ware motieven niet blootleggen. Bert krijgt nauwelijks antwoorden op zijn vragen, en daarom besluit hij maar mee te hobbelen met de innerlijke gedrevenheid van Gerard. In één van de oudere vleugels van de school staan al lange tijd twee grote lokalen leeg. Gerard heeft zijn oog op deze lokalen laten vallen, en constateert dat zij uitstekend dienst kunnen doen voor zijn doel om kinderen meer mee te geven in het leven dan alleen hun studie. Deze formulering was typisch voor Gerard, een wollige passie met weinig concrete invulling. Gerard liet er geen gras over groeien. Vrijdagmiddag om 15.00 uur gaat Gerard onaangekondigd naar de rector, wetende dat zijn agenda op vrijdagmiddag leeg is. Naar zijn zeggen, hield hij een vlammend betoog waarbij hij niet alleen de twee lokalen ter beschikking krijgt, maar ook een budget van vijfhonderd euro om de lokalen op te knappen. Het is Bert nooit duidelijk geworden hoe hij dit voor elkaar gekregen heeft bij deze aartsconservatieve rector. Met zijn fanatische gedrevenheid maak Gerard een website en een blog, met de naam *"maak er iets moois van"*. Een titel die zowel de renovatie van de ruimtes als de ontwikkeling van de leerlingen betreft. Daarnaast legt hij brochures in de kantine, die hij op zijn eigen kosten heeft laten ontwerpen en drukken. Binnen twee weken krijgt Gerard een kleine honderd aanmeldingen, met veel ideeën van de leerlingen. Vijftien leerlingen hebben zich opgegeven voor de renovatie en inrichting van de lokalen. Om dit hoge aantal te bereiken heeft Gerard dertig euro per middag per leerling in het vooruitzicht gesteld, vanuit zijn eigen geld. Bert hobbelde mee met Gerards activiteiten, niet op zijn minst omdat hij in het oog wil houden of deze aanpak zijn gezondheid zou kunnen ondermijnen. Gerards activiteiten werden al snel een succes. Vele kinderen, die teruggetrokken in de schoolbanken zitten, bloeien op door de nieuwe activiteiten. De kinderen krijgen meer zelfvertrouwen en nemen meer initiatief. Eind van het schooljaar gaat het steeds moeizamer met Gerard. Hij iss al bijna een jaar onderweg met zijn "Maak er iets moois van" en het neemt al zijn vrije tijd en energie in beslag. Hij slaapt slecht en eet weinig. Hij krijgt steeds meer klachten van vermoeidheid en gebrek aan concentratie, waardoor zijn lessen steeds slechter gaan. De rector stuurt Gerard naar de bedrijfsarts die constateert dat Gerard een onregelmatige hartslag, hoge bloeddruk en symptomen van een burn-out heeft. Noodgedwongen zit hij vier weken thuis, wat hem nog veel meer deprimeert.

HOOFDSTUK 3

Maria wordt Pien en Jan wordt Vader

De familie Van Staveren is de tweede generatie die actief is in de glastuinbouw in Poeldijk. Het bedrijf kweekt kamerplanten voor de verkoop in supermarkten, zowel in de Benelux, als in Duitsland. Vader Jan runt het bedrijf, samen met de vier vaste medewerkers en meerdere tijdelijke inleenkrachten. Het bedrijf loopt goed en er wordt veel geïnvesteerd in de modernisering en automatisering van het bedrijf. Moeder Simone beheert de administratie van het bedrijf en doet het huishouden. In de tuinbouw zijn vele factoren die de planten kunnen schaden, zoals glasschade door hagel, bladvraat door insecten, en plantenziektes. De afhankelijkheid van niet te doorgronden kleine en grote rampen noopt de tuinbouwers om de hulp van het geloof aan te roepen. In de katholieke familie Van Staveren wordt daarom veel gebeden voor Maria, Jezus, God, en/of andere heiligen, om een goede teelt te bevorderen. Het echtpaar Van Staveren gaat minstens één keer per week naar de mis in de parochie van de Heilige Bartholomeus Kerk in Poeldijk. In 1954 wordt hun dochter Maria Elisabeth geboren, het enige kind dat in de familie Van Staveren geboren zal worden. Maria wordt gedoopt, gaat naar de kleuterschool en doorloopt daarna glansrijk de basisschool in Poeldijk en het atheneum in Delft. Op de middelbare school was Maria een wat teruggetrokken en schuchter kind. Ze heeft daardoor moeite om vriendschappen aan te gaan.

Gedurende de zes jaren middelbare school heeft zij twee vaste hartsvriendinnen, die even schuchter waren als zij. Ze hebben tot op de dag van vandaag nog steeds geregeld contact. Maria besluit na het atheneum de opleiding industriële vormgeving aan de Technische Hogeschool in Delft doen. Het is een creatieve studie en de functionele en industriële vormgeving heeft haar altijd geboeid. De ouders geven het veto aan Maria dat ze thuis moet blijven wonen gedurende haar studententijd. Ze vinden het belangrijk om toezicht te houden op de ontluikende jonge vrouw Maria. Het is de tijd van de hippies, vrije seks, drugs en Rock & Roll. Al deze ellende moet Maria bespaard worden. Aan het begin van haar studie is Maria nog een braaf en vlijtig meisje. Ze had weinig contacten met de andere studenten. Dat verandert in het tweede semester dat voor een groot deel bestaat uit groepsopdrachten. Maria wordt in een werkgroep ingedeeld die de opdracht krijgt een ergonomisch bejaardenlooprek te ontwikkelen met "nieuwe functionaliteiten". Maria voelt zich snel veilig in de harmonische en creatieve werkgroep, waardoor ze veel mondiger wordt en steeds meer initiatief neemt. Stapje voor stapje doet ze steeds meer mee met de anderen en uiteindelijk gaat Maria volledig op in deze werkgroep. Urenlang wordt gediscussieerd en gebrainstormd, vaak tot laat in de avond. De discussies gaan niet alleen over ontwerpen van een looprek, maar ook over de oorlog in Vietnam, de imperialistische houding van de USA, dienstweigeren, nieuwe muziek, en nog veel meer actuele onderwerpen. Haar ouders maken zich grote zorgen over de latere thuiskomsten van hun dochter. In hun ogen is dit een uiting van puberteit. Ze vinden dat de teugels nu moeten worden aangehaald om weer op het goede pad te krijgen en ze dreigen met een "nacht-klok": voor half acht moet Maria binnen zijn. De gesprekken binnen de werkgroepen maken Maria zelfbewuster en mondiger. Ze is steeds minder "de schuchtere puber", "het muurbloempje" dat stil in de hoek zit en toekijkt wat de anderen doen. Ze vindt dat daarom de naam "Maria" niet meer paste bij haar. Het refereert aan haar tijd in het strenge katholieke dogmatische tuindersgezin. De kerk en het geloof spelen voor haar nauwelijks een rol in haar nieuwe leven. In haar opinie is de kerk een commercieel instituut, dat haar leden financieel en emotioneel onderdrukt door hel en verdoemenis te prediken. Tot ergernis van haar ouders weigert ze nu stelselmatig het bezoek aan de kerk. Ten slotte wil ze thuis ook haar truttige katholieke naam "Maria" niet meer dragen. Aan het eind van het studiejaar heeft ze bij iedereen de naam "Pien" aangenomen. Een naam die past bij een zelfverzekerde, jonge vrouw. Haar zelfverzekerdheid en de nieuwe naam leiden er echter wel toe dat zij nog meer vervreemdt van haar ouders. Bijna dagelijks zijn er conflicten. Haar ouders begrijpen haar niet meer en weten niet hoe ze met hun rebelse dochter om moeten gaan. In hun ogen is hun dochter verdoemd. De volgende zondag bidt de priester voor het verloren schaap uit de kudde des Heeren, en vraagt God om toe te zien dat het lijden van de ouders met zijn zegen een beter beloop zal hebben. Na de mis neemt de priester het 25 gulden-budget in ontvangst voor zijn inspanningen. Het studiejaar komt ten einde. Een zeven weken lange vakantie staat voor de boeg. Haar vader heeft haar vakantietijd al bestemd voor het ompotten van planten, helpen bij de expeditie en logistiek, en allerlei andere tuinderswerkzaamheden. Ze wil het niet en ligt iedere avond huilend in bed. Ze voelt zich opgesloten in een omgeving waar ze niet thuishoort. Haar vader en moeder zien in hun dochter nog steeds een ontluikende en vruchtbare tuindersdochter. Hun grootste wens is dat hun dochter een "tuindershuwelijk" krijgt. Het is de enige manier om de continuïteit van het familiebedrijf te borgen. Binnen hun katholieke kerkgemeenschap lopen genoeg jongvolwassen tuinderszonen rond die rijp genoeg zijn om een tuindersbedrijf te runnen en een gezin te stichten. De "match-making" van geschikte paar-combinaties wordt iedere zondag, na afloop van de zondagse kerkdienst, op het kerkplein door de ouders van potentiële huwelijkspartners besproken. De verschillende huwelijkskwaliteiten van gegadigden worden in detail besproken. "Heeft dochter Mien wel voldoende bekken om kind te dragen?", "Is Sofia wel in staat haar man voldoende te stimuleren om geregeld de daad te kunnen doen?", "Is Truus wel decent en schoon genoeg gekleed?", "Is Jacqueline nog wel maagd?" Kortom, het kerkplein is de plaats waar de huwelijkse koppelingen gesmeed worden. De meeste tuindersjongens nemen genoegen met de keuze van hun ouders, met name die van de moeder. Al op de derde dag van haar vakantie treft Pien Stefan Dalhuizen naast haar moeder op de sofa. Met een grote glimlach riep moeder: *"Kijk, dat is Stefan, je weet wel, van de basisschool." Hij is nu een echte man, en wil je graag leren kennen. Ik laat jullie nu alleen en hoop dat jullie het goed met elkaar kunnen vinden. Als jullie honger hebben, er staan koekjes op tafel"*. Spontaan krijgt Pien last van maagzuur en een aandrang tot kotsen. Zij verontschuldigt zich bij Stefan dat zij zich niet goed voelt, en geen enkele behoefte heeft om ook maar enige vorm van relatie of contact met hem te hebben. Die avond zitten de ouders verdrietig op de bank. "Pien, je het totaal verprutst. Wij hebben zo ons best voor jou gedaan. Je zet ons voor schut in onze gemeenschap!" En: "Je brengt de continuïteit van het bedrijf in gevaar." Pien kon dit gemekker niet meer aanhoren. Ze pakt wat spullen, een slaapzak en een opblaasmatras op de fiets en vertrekt naar Delft. Ze heeft meerdere vriendinnen in deze stad die een kamer hebben bij de Delftse Studentenhuisvesting. Eén van hen moet toch plaats voor haar hebben om te slapen? Bij de eerste zes adressen in Delft-Zuid waar ze op de bel drukt, wordt niet opengedaan. Voor haar is de weg terug naar het ouderlijk huis afgesneden. Ze moet verder zoeken. Desnoods gaat ze slapen onder een brug. Ze besluit haar gelukt te proberen in het centrum van Delft waar een paar vriendinnen een kamer hadden. Ze weet dat haar vriendin Steffie een kamer heeft bij de alternatieve studentenvereniging "Wolbodo", aan de Verwersdijk. De verenigingskroeg blijkt nog open te zijn, en ze gaat naar binnen om haar vriendin te zoeken. De bar is behoorlijk vol. Ze spreekt met verschillende bar-bezoekers, maar geen van hen kent een "Steffie". Ze voelt zich steeds eenzamer en verdrietiger en probeert onge-merkt uit de bar te sluipen. Net voor ze de deur uit wil stappen, schreeuwen een paar aangeschoten jongens naar de keuken dat er een mooie blonde meid is in de kroeg die zoekt naar Steffie. "Je moet snel zijn want deze blonde schone verlaat nu de kroeg". Steffie rent met een bord vol bitterballen naar een tafel met studenten en gaat met volle vaart de deur uit. Pien staat op het punt op haar fiets te stappen. Nog net op tijd kan Steffie haar bagagedrager vastgrijpen. Pien kijkt geërgerd achterom en is verrast haar vriendin Steffie te zien. Ze stapt gelijk weer af, omhelst Steffie en zet vervolgens haar fiets weer op slot in de steeg naast de kroeg, waar volgens Steffie niet zo snel fietsen gestolen worden. *"Pien wat doe je hier? Ik heb je nog nooit gezien in deze omgeving. Wat is er aan de hand?"* vraagt Steffie. Pien vertelt wat er gebeurd is die dag en dat ze niet van plan is ooit nog terug te keren naar haar ouderlijk huis. *"Ik ben toch geen vee dat uitgehuwelijkt kan worden?"*. Steffie is stomverbaasd en verrast dat er in de zeventiger jaren in Nederland nog uitgehuwelijkt wordt. Ze neemt Pien in haar armen en samen gaan ze naar Steffie's studentenkamer. Het is klein, maar na het verschuiven van een aantal meubelstukken is er plaats voor een Piens opblaasmatras. Nadat Pien zich in de kamer ingericht heeft, gaan ze weer naar de bar, waar ze weer hartelijk wordt ontvangen. Het verhaal van het uithuwelijken gaat als een lopend vuurtje rond. Spontaan krijgt ze meerdere glazen bier van de barbezoekers in haar handen gedrukt. Het wordt een feestelijke avond, waarbij Pien behoorlijk aangeschoten is. Aan de bar wordt veel gelald, geouwehoerd en gelachen. "Welkom in de studentenwereld," was het laatste dat ze meekrijgt van Steffie, voordat ze in slaap valt. Pien kan gedurende de gehele zomervakantie bij Steffie blijven. Ze heeft genoeg spaargeld meegenomen om riant mee te doen aan het studentenleven. Al snel worden Steffie en Pien harts-vriendinnen. Ze delen alles met elkaar, hun roddels, hun geheimen, hun angsten en hun dromen. Het wordt een warme zomer en er is veel te doen in Delft: twee popcon-certen in het Delftse Hout, het Nederlandse kampioen-schap "Rij hem erin" (wedstrijd met een fiets over een smalle balk rijden die over de gracht ligt) en vele parkfeesten en tuinfeesten. Graag wil Pien meedoen met de "Summer of Love". Ze ziet vele jongens waar ze graag mee in contact zou komen, als ze niet zo schuchter was. Begin juli nodigt Steffie's oudere broer Jan, Steffie en Pien uit voor een groot feest in Pijnakker. Het feest wordt gehouden in een oude fabriek. De entree kost tien gulden, een glas bier kost maar een gulden. Stipt om 21.00 uur staat Jan met zijn oude Kever voor Wolbodo. Pien schrikt als ze Jan ziet. Hij is groot, slank, modern gekleed in een oude spijkerbroek, een wit T-shirt met een afbeelding van Lou Reed, een rode Palestina-sjaal en een korte en versleten zwartlederen jasje. Hij heeft lange, golvende blonde haren tot over zijn schouders en een gebruind gezicht met daarin twee helderblauwe ogen. Ze is op slag verliefd. Als Jan haar een hand geeft, voelt ze dat haar gezicht rood wordt, en ze komt niet meer uit haar woorden. Jan glimlacht lief en nodigt de dames uit om in de kever te stappen. Pien weet intuïtief, dit wordt "mijn man" voor vanavond. Als ze voor de deur van de oude fabriek staan, is het binnen al behoorlijk druk. Het is een groot feest dat opgeluisterd wordt met knalharde Rock & Roll, en grote hoeveelheden geestverruimende middelen. Pien schrikt ervan dat er zo veel drugs gebruikt worden. Als haar ouders dit zouden weten, wordt zij geheid voor eeuwig uit het gezin en de kerk verbannen. Op zich geen grote straf. Pien heeft de afgelopen weken de geneugten van alcohol ontdekt. Het is tijd voor een nieuwe ervaring. Het feest is echt waanzinnig. Er zijn twee ruimtes met podia waar knetterharde livebands optreden. Daaromheen staan verschillende bars. Ze nemen eerst een groot glas bier en dan gaat het los op de dansvloer. Steffie en Pien laten zich helemaal gaan op de muziek, waarbij Pien Jan goed in het oog houdt. Hij danst echt fantastisch en diverse vrouwen houden hem in de gaten. Pien is daarom vastbesloten dat zij Jan als haar prooi tot zich zal nemen als ze die kans heeft. Na zich meer dan een uur op de dansvloer uitgeleefd te hebben, nemen ze een pauze aan de bar met een groot glas bier. Jan stelt voor om, zodra de glazen leeg zijn, naar de zolder te gaan waar verschillende soorten soft- en harddrugs te consumeren. Pien schrikt hiervan. Ze is nog ooit in contact geweest met drugs. Als haar ouders dit zouden weten! De toegang naar de zolderruimte, een branddeur die achter een gordijn verstopt is, is goed afgeschermd door twee potige mannen die de deur en de gasten in de gaten houden. Er zijn in het verleden diverse invallen van de politie geweest, gelukkig hebben ze nooit iets ontdekt. Ze klimmen de smalle zoldertrap op, en komen in een grote ruimte gevuld met oude sofa's, stoelen en tafeltjes. Het is rokerig met de aangename geuren van wierrook en zoetig-kruidige geur van marihuana. Er is een theewinkeltje ingericht dat diverse soorten thee verkoopt en een winkeltje waar men meerdere soorten hasj, marihuana en andere drugs kan kopen. De ruimte wordt verlicht door psychedelische projecties uit meerdere projectors. Op de achtergrond wordt muziek gedraaid van onder meer Bob Dylan en Janis Joplin. Een goede plaats om te ontspannen en bij te komen. Jan bestelt voor de dames en zichzelf een kruidenthee, een paar joints en een aantal lsd-tabletjes. Ze beginnen met de joints. Pien had nog nooit gerookt, laat staan een joint. Ze doet mee en al snel krijgt ze een roezig gevoel met spontane lachbuien als er iets gezegd wordt. Pien ontdekt dat stoned zijn best wel aantrekkelijk is en Jan en Pien genieten ervan op hun sofa. Steffie daarentegen houdt zich een beetje af-zijdig. De joint geeft bij haar niet het gewenste effect. Misschien komt dat ook omdat ze zich vreselijk ergert aan het geslijm van Pien met haar broer. Ze voelt een woede opkomen, en komt daardoor niet meer in een aangename roes, laat staan een goede stemming. Ze vraagt een LSD-trip van Jan die dat in eerste instantie weigert. Ze blijft aandringen en krijgt een tablet. Vrij snel daarna begint ze heftig te transpireren en wartaal uit te slaan. Haar ogen draaien in alle richtingen, en rond haar mond komt schuimig slijm. Een "bad trip". Jan tilt direct zijn zus op, draagt haar snel naar beneden en zet haar in de kever. Pien stapt ook in en met volle vaart rijden ze naar het Reinier de Graaf Ziekenhuis in Delft. Onderweg ver-liest Steffie haar bewustzijn. Met piepende banden remt Jan voor de EHBO-post. Hij sleurt zijn zus uit de auto en rent naar de eerstehulppost. Daar wordt ze direct in ontvangst genomen en naar een behandelruimte gebracht. Na een half uur wachten komt de arts uit de behandel-kamer en informeert hun over de toestand van Steffie. De LSD heeft een redelijke zware anafylactische shock opgewekt, die waarschijnlijk voortkomt uit een zware allergische reactie op de verontreinigingen in de LSD. Het gaat naar omstandigheden goed, maar ze willen haar 24 uur onder observatie houden om te voorkomen dat ze opnieuw in een shocktoestand komt. Jan is kapot van dit nieuws. Hij slaat zich voor zijn kop dat hij Steffie een trip gegeven heeft. Na twee uur naar naast het bed van Steffie gezeten te hebben, die nauwelijks aanspreekbaar is, komt er een arts voorbij die hun aanraadt om naar huis te gaan. "Het beste is haar nu rust te laten. Morgen om acht uur kunnen jullie haar bezoeken. Mocht er iets

veranderen in haar conditie, dan bellen wij u gelijk op."
Jan geeft de arts zijn telefoonnummer. Ze lopen dan naar
de uitgang. Op het moment dat de deur dichtgaat, stort
Jan volledig in elkaar. Hij breekt in huilen uit. Pien neemt
hem in zijn armen om te troosten en dat laat hij met
graagte toe. Dan begint ook Pien te huilen. Ze houden
elkaar lang vast, zonder te spreken. Een aanwakkerende
koude zeelucht zorgt ervoor dat ze langzaam weer tot de
realiteit terugkomen. Zwijgend lopen ze naar de auto, en
zwijgend rijdt Jan naar zijn tweekamerwoning aan de
Jan Campertlaan in Delft. Zwijgend lopen ze naar zijn
woning, kleden zich uit en stappen in het niet opgemaakte
bed. Pien geniet van de geur en warmte van Jans lichaam.
Langzaam begint ze hem te strelen, en Jan begin haar
te strelen. Ze kruipen dichter en dichter bij elkaar, beginnen te kussen, te knuffelen en uiteindelijk hebben ze
seks, dat al na dertig seconden leidt tot een gezamenlijk
magistraal orgasme: Pien is geen maagd meer. Als ze
weer wakker zijn, stapt Jan uit bed om een ontbijt op bed
te maken. Dat wordt snel geconsumeerd om vervolgens
de liefde nog eens te proeven en te genieten. Er wordt
niet gesproken over voorbehoedsmiddelen, en ze weten
het nog niet, maar Piens eicel wordt op die dag bevrucht
door Jan. 's Avonds gaan Jan en Pien naar het ziekenhuis.
Het gaat beter met Steffie. Ze heeft geen klachten meer
gehad, maar ze is wel behoorlijk moe. Jan rijdt de beide
dames weer naar Wolbodo, waar ze een bier nemen aan
de bar en dan snel naar bed gaan. Pien blijft nog twee
weken bij Steffie. Een studiegenoot heeft besloten om
een jaar in Bazel te gaan studeren. Als ze goed op de
kamer past, mag ze hem voor 100 gulden per maand
huren. Hier kan ze geen nee tegen zeggen. Een week later

heeft ze zich ingekwartierd. Het is een mooie kamer in een oud en statig grachtenpand. Vanuit haar grote kamer op de derde verdieping heeft zij een fantastisch uitzicht over de oude Delft, de mooiste straat van Delft. Het studentenleven kan nu echt beginnen!! Vrij snel daarna vindt ze een baan in het redelijk gerenommeerde Delfts restaurant "Het Prinsenhof". Vijf avonden per week gaat ze daar serveren. De inkomsten zijn redelijk, en de fooien zijn vaak riant. Wekelijks belt ze nu vanuit een telefooncel naar haar ouders. Telkens neemt haar moeder op, wat niet vreemd is, omdat haar vader nooit privaat met iemand belt. Haar moeder waardeert de gesprekken, maar ze mist haar dochter wel. Aan het eind van ieder gesprek zegt ze telkens: "Als je terug wil komen, staat de deur altijd open." Maar Pien zal deze deur nooit meer doorgaan. Regelmatig gaat ze bij Jan voorbij. Iedere keer als ze bij hem is, voelt ze de liefde in haar lijf en geniet van hem. En iedere keer hebben ze veilige seks, maar ja, dat is eigenlijk niet meer nodig. Eind Augustus krijgt ze steeds meer last van misselijkheid. Ook had ze al meer dan twee maanden niet meer gemenstrueerd. Omdat haar cyclus niet zo regelmatig is, had ze verwacht dat het daardoor komt. Ze besluit om de huisarts te bezoeken, die al snel constateert dat ze al meer dan twee maanden zwanger is. Zij schrikt hier enorm van. De arts geeft haar informatie over de mogelijkheden voor een abortus, en verwijst haar naar een gynaecoloog. 's Avonds gaat ze naar Jan en vertelt hem van haar zwangerschap. Jan is geschokt door een mogelijk aankomend vaderschap. Voor zijn gevoel is hij nog niet volwassen genoeg om een vaderrol aan te kunnen . Een ander probleem is dat zijn woning veel te klein is voor een driekoppige familie. Pien snapt zijn motieven. Ze weet dat het ook voor hem een gigantische verandering is, en dat hij tijd nodig heeft om aan die verandering te wennen. Pien blijft stellig volhouden dat dat ze geen abortus wil: "Het kind is ontstaan uit onze liefde." Ze is er zeker van dat de liefde tussen Jan en Pien sterk genoeg is om een gezin te kunnen vormen. Haar houding over abortus komt ook door haar gewetensresten die ze meegekregen heeft van de katholieke doctrines. Dat is net genoeg voor haar om te beslissen de vrucht te behouden. Daarnaast zou het betekenen dat zij haar familie echt nooit meer onder ogen kan komen. Alle banden met haar familie zullen dan definitief verbroken worden, en ze kan dan nooit meer haar ouders kunnen zien. Ze houdt nog net te veel van haar moeder om dit te kunnen doen. In de daaropvolgende weken begint Jan langzaam aan de gedachte te wennen aan het "samen een gezin hebben". Hij maakt er ook grapjes over, en noemt zich af en toe schoorvoetend "papa" om aan het toekomstige gezinsgevoel te wennen. En steeds vaker praten ze over hun kind. Hoe het zal opgroeien, de eerste stapjes, de eerste woordjes, de knuffels, en nog veel meer. De ontwikkeling van een groepje snel delende cellen naar een foetus verloopt goed. De gynaecoloog is tevreden over deze ontwikkeling. Ze heeft een beetje bloedarmoede en moet het daarom rustiger aan gaan doen: meer rust nemen, minder fietsen, rustiger lopen en geregeld een moment nemen om uit te rusten. Als ze vier maanden zwanger is, wordt het volle programma van het tweede semester haar te zwaar. Ze volgt nu nog één werkgroep en vier colleges, en de rest van de tijd zit ze thuis in hun kleine woning. Tot op dat moment heeft ze nog steeds niet bij haar ouders verteld dat er een kleinkind op komst is. Ze heeft er geen zin in, maar om het voor zich te houden, heeft ook geen zin. Ooit zal ze het moeten vertellen, ten minste aan haar moeder. Na lang wikken en wegen belt ze haar moeder. Zij schrikt als ze Piens stem hoort, en vraagt hoe het met haar gaat en wat er aan de hand is. Pien valt gelijk met de deur in huis "Mama, je wordt oma!" Het wordt heel stil aan de andere kant van de lijn, en Pien vreest dat ze flauwgevallen is van het nieuws. Na een lange stilte volgt een verbaasd "Echt?? Van wie dan?".

"Mama je hebt maar één kind, je mag drie keer raden van wie je de oma wordt."

" ... Echt???? ..."

"Ja mama!" En daarna wordt het weer lang stil. "Je bent toch niet zwanger???"

" Ja mama, ik ben zwanger, en jij wordt één van de twee oma's die het kind zal hebben." "Gefeliciteerd, maar vertel het niet aan je vader, die kan daar niet mee omgaan."

"Doe wat je denkt dat goed is. Het kind komt uit de liefde tussen Jan, mijn vriend, en mij, en zal ook in de toekomst onze liefde hebben. Ik moet je teleurstellen, het kind zal niet gedoopt worden."

Haar moeder heeft tijd nodig om dit nieuws en de schok dat het kind niet opgenomen wordt in de katholieke gemeente te verwerken. Ze vindt dat vervelend voor haar, maar de boodschap is ontvangen.

Een dag later belt Jan zijn ouders die blij verrast zijn. Ze nodigen Pien en Jan uit voor zondagmiddag. Die zondag staan ze stipt op tijd voor de deur, en Pien wordt zeer hartelijk ontvangen door Jans ouders. Ze krijgt van beiden een grote knuffel en de felicitaties voor de zwangerschap. Ze voelt dat Jan uit een warme en harmonieuze familie komt. Pien voelt zich helemaal thuis in het gezin. Even later komt ook Jans zus Steffie voorbij. Pien is blij haar weer te zien, hoewel ze een beetje jaloers is dat Steffie haar studie kan vervolgen en afmaken. Ze spreken af elkaar geregeld te bellen en te bezoeken. Als ze terugrijden, vertelt Pien aan Jan dat ze het heel erg fijn vond zijn familie te zien en spreken. "Ze zijn hartelijk, open en harmonieus. Dat zijn drie aspecten die ik niet meegekregen heb bij mijn katholieke tuinders opvoeding."

De herfst komt en het weer wordt natter, kouder en stormachtig. Vanaf midden oktober is het ondoenlijk nog met de fiets naar de universiteit te gaan. Noodgedwongen moet ze daarom haar studie stoppen. Het maakt haar verdrietig, en ze hoopt dat ze na de bevalling weer verder kan met de opleiding industriële vormgeving. Het wordt ondertussen ook tijd om aan nieuwe huisvesting te gaan denken. Hun kleine flatje is te klein voor een gezin van drie personen. Jan verdient niet veel, en mogelijkheden voor een grotere woning zijn er in Delft nauwelijks. Jans vader heeft een vriend die afdelingshoofd is van het Rotterdamse Groenbeheer. Deze vriend is op zoek naar een nieuw afdelingshoofd van acht medewerkers voor plantsoenendienst in Rotterdam-Pendrecht. Jan gaat solliciteren en krijgt, tot zijn eigen verbazing, direct de baan. Omdat hij moet verhuizen naar Pendrecht helpt de gemeentelijke woninghuisvesting een geschikte woning voor hem en zijn gezin te vinden. Ze krijgen een klein, maar gemoedelijk rijtjeshuis uit de jaren zestig, met daarbij een kleine beschutte tuin. De huurprijs is redelijk fors, maar is met Jans nieuwe baan goed te betalen. Zodra de sleutel overhandigd is, gaan Jan en zijn vader het huis opknappen. Samen met Pien worden de meubels gekozen, voor een groot deel uit tweedehands winkels. Eind januari is het huis klaar, en op 12 maart 1976 wordt daar de gezonde negen pond wegende baby Pim geboren. Het gezinsleven begint. Pien belt kort na de bevalling met haar moeder en feliciteert haar met haar kleinkind Pim. Ze belooft binnen twee weken langs te komen bij Pien. Haar vader mag het niet weten en wil het waarschijnlijk ook niet weten. Ze belooft met de trein naar Pendrecht te komen zodra er een geschikt moment is. Twee weken na de bevalling komt Piens moeder langs. Met een smoes heeft ze het huis verlaten, en ze moet ook niet al te laat weer thuis zijn. Haar man kan het nog steeds niet verkroppen dat Pien hem en zijn bedrijf in steek gelaten heeft. De breuk kan, wat betreft de vader, nooit meer geheeld worden. Voor hem bestaat Pien niet meer. Gelukkig heeft ook Pien geen enkele behoefte haar vader ooit weer te zien. Samen met Jan lopen ze mee met de moeder naar het station. Ze is blij voor het nieuwe gezin, en vindt het mooi hoe ze samen met hun baby omgaan. Een jaar later, 12 maart 1977, als Pim precies 1 jaar oud is, trouwen Pien en Jan in het Rotterdamse gemeentehuis, samen met de ouders van Jan en al hun vrienden en met Piens moeder. Het getrouwde paar neemt beiden de familienaam van Jan aan: Broekhuizen. Pien had haar vader ook uitgenodigd. Vaders motto en veto is dat er zonder kerk en zegen van God er geen echt huwelijk kan zijn, en hij ontkent steevast dat er sprake is geweest van een echt huwelijk. *"Zonder Gods zegen blief ik geen kleinkind van mijn dochter."*

HOOFDSTUK 4:

Een armzalig bestaan bij een grote smederij

Na een lange voettocht door Frankrijk en de Pyreneeën bereikt Claude Marconnet begin augustus 1940 de buitenwijken van Barcelona. Daar krijgt hij al snel werk bij een grote ijzergieterij en smederij. Hij werkt er zes dagen per week, en tien uur per dag. Als hij klaar is met zijn werk ziet hij de trieste alcoholisten, de blinden en verlamde bedelaars op de straathoeken. Ze zijn smerig en stinken, evenals de verstikkende, donkere ranzige rook die uit de ovens en fabrieken komt. Af en toe krijgen ze een paar stuivers fooi, net genoeg geld om niet dood te gaan. Zodra hij thuis is, probeert hij het kolenstof en de geur van het harde zweten uit al zijn poriën te wassen bij zijn kleine wastafel. Na het wassen kleurt zijn huid weer enigszins grauw in plaats van zwart. Hij eet wat, en duikt daarna in zijn boeken. Urenlang gaat hij helemaal op in de verhalen die zijn boeken vertellen, en vergeet hij de miserabele toestand waarin hij zich bevindt. Hij ziet in gedachten de tafrelen die beschreven worden en identificeert zich met de hoofdpersonen in zijn boeken. Zelfs in de grootste ellende, honger of kou is hij altijd nog de held van het boek. De heroïsche vertellingen onderdrukken zijn gevoel van honger, met als gevolg dat hij al snel in een diepe slaap valt. Zijn favoriete genres zijn de reisverhalen van Karl May en historische romans. Al meer dan een jaar heeft hij een hard en eenzaam leven. Dat verandert in maart 1941. Als hij zijn favoriete boekhandel weer bezoekt, staat er een aantrekkelijke jonge verkoopster. Claude groet de dame die vraagt of zij kan helpen bij de keuze van een boek. Claude vertelt zijn passie voor avonturen- en historische romans. Het meisje toont een aantal nieuwe boeken, en geeft enkele korte inleidingen over deze boeken. Claude is perplex. Een jaar lang heeft hij zich door de enge paden met boekenkasten gewurmd om een nieuw boek te vinden. Nu krijgt hij de romans over allerlei genres op een presenteerblaadje geserveerd. Hij is perplex. Hij vraagt waar ze haar kennis vandaan heeft. Ze vertelt dat ze tot eind 1940 literatuur aan de Sorbonne gestudeerd heeft. Het werd daarna te gevaarlijk voor haar om te blijven. Steeds meer mensen met een Joodse achtergrond zijn naar Duitsland gedeporteerd. Met zeer goede, valse papieren is ze per trein naar Barcelona gekomen. Claude voelt dat haar aanwezigheid hem nerveus en opgewonden maakt. Hij stelt zich netjes voor aan de verkoopster die Stephanie heet, en bedankt haar voor het bijzonder aangename gesprek. Als hij naar de toonbank loopt, heeft hij het gevoel dat hij een kop als een boei heeft, en het zweet parelt over zijn rug. Hij legt de gekozen boeken op de toonbank, legt veel te veel geld neer, en verlaat haastig de winkel. Vanaf de eerste kennismaking gaat Claude nu twee keer per week naar de boekhandel voor een nieuw boek. Alleen al het zien van Stephanie maakt hem gelukkig en bij ieder bezoek straalt hij als hij in haar ogen kijkt. Begin maart, het begin van Barcelona's voorjaar, vraagt hij Stephanie om samen een wandeling door het oude Barcelona te maken. Gearmd lopen ze urenlang in de voorjaarszon door de stad en langs de zee. Ze eten in een tapasbar en drinken goedkope wijn. Het begint al schemerig te worden als ze weer naar de voorstad gaan. Voor de woning van Claude krijgt Stephanie haar eerste kus. Cupido's werk is begonnen. Midden 1941 trekt Stephanie in bij Claude. Zijn bed is klein, maar het past voor twee weinig doorvoede verliefden. In hun liefdesnest wordt alle ellende van armoede en ziektes buiten de deur gehouden.

Duitsland heeft meer behoefte aan oorlogsmaterieel. De gieterij en smederij krijgt daarom steeds meer opdrachten van het naziregime, zoals onderdelen van tanks, vliegtuigmotoren, kanonslopen en nog veel meer wapentuig. Het bedrijf besluit een tweeploegenrooster in te voeren met twaalf werkuren per dag, ook op zondag. De arbeiders kunnen met dit rooster hun salaris met 60% verhogen. 's Avonds vertelt Claude dit aan Stephanie. Ze heeft er moeite mee dat haar vriend steeds meer gebukt gaat onder de nood van de Duitse oorlogvoering. Claude zelf is er ook niet blij mee. Maar als hij het nog een half jaar kan volhouden kunnen ze wat geld sparen om met een nieuwe, niet-joodse identiteit een nieuw leven te beginnen in Frankrijk. Om nog meer bufferkapitaal te hebben, gaat Stephanie na haar werk in de boekhandel werken als serveerster in een bar. Het wordt voor beiden een zeer zware tijd, waarbij ze 's nachts uitgeteld in bed kruipen. Het leven is hard. Omdat ze weten dat dit de enige kans is om een nieuw leven te kunnen beginnen, houdt het ze op de been.

De oorlogsmachinerie draait nu volledig op volle toeren. De hele dag staan de ovens van de gieterij roodgloeiend. Er worden nieuwe staalwalsen geplaatst. De gewalste platen worden vervolgens op maat uitgesneden voor de productie van gepantserde voertuigen. In de smederij worden ook steeds meer lopen voor tal van kalibers geweren en kanonnen gemaakt en continu weer ander wapentuig. Bij de directieleden en stafmedewerkers stroomt met bakken tegelijk geld binnen. Ze nemen het er goed van. Er worden uitzinnige extravagante feesten gehouden in hun decadente villa's en buitenhuizen. Hun chauffeurs rijden de heren met hun familieleden dag en nacht rond met luxe limousines, naar de restaurants en bars.

Oktober 1941, kort voor de winter valt, hebben Claude en Stephanie Giraud genoeg geld verzameld om naar Zuid-Frankrijk te gaan. Claudes en Stephanies Joodse achtergrond brengt natuurlijk grote risico's als ze weer naar Frankrijk gaan, te meer omdat Duitsland bezig is zijn macht uit te breiden in het Vichy-Frankrijk. Claude en Stephanie hebben daarom nieuwe Franse paspoorten nodig. In de kleine stegen van de Ramblas is alles te koop, zelfs een compleet nieuwe identiteit. De vervalsingen zijn niet van een echt paspoort te onderscheiden. Een goede collega van Claude heeft relaties met de Ramblas-maffia. Voor een niet al te hoog bedrag, slechts twee wekelonen, krijgen beiden een paspoort dat niet van echt te onderscheiden is. De laatste aandenkens aan een Joodse identiteit zijn een antieke joodse Menora, twee zilveren "jatjes" en een vierhonderd jaar oude Talmoed. Ze krijgen een redelijke prijs voor deze kostbare Joodse objecten op de Ramblas. Als ze twee weken later vertrekken is er geen spoor meer van Jodendom te vinden, afgezien van de besnijding van Claude.

De weg van Barcelona naar het Franse Perpignan wordt zwaar bewaakt door het Franse leger om te voorkomen dat vluchtende Spaanse militairen, criminelen en smokkelaars naar Frankrijk vertrekken. De enige manier om in Frankrijk te komen is via de Pyreneeën.

Er zijn vele smokkelwegen via bergpassen richting Andorra. Hun doel is het kleine Franse dorpje Angoustrine, dat ca. 100 km verwijderd is van Barcelona en twee kilometer hoger gelegen dan de stad Barcelona. Meerdere kennissen hebben hun deze route aanbevolen, omdat er nauwelijks grenspatrouilles zijn, en er in het dorpje voldoende slaapplaatsen zijn bij de boerderijen. Op 18 oktober vetrekken ze met zoveel mogelijk kleren aan hun lijf, en twee gevulde rugzakken. De paden zijn stijl, en modderig. Ieder dag wordt het kouder, niet alleen door hoogteverschillen, maar ook omdat de dagen korter worden. Soms lukt het hun om 25 km in een dag lopen, maar er zijn ook meerdere dagen dat ze maar een kleine 10 km halen. Als het donker begint te worden, proberen ze een slaapplaats te krijgen in een boerenschuur, verscholen onder een rots, in een kloof, of in de resten van een vervallen huis. Zodra het licht begint te worden, komen ze weer uit hun schuilplaats voor de volgende etappe. Op de zesde dag, nog geen 30 km van Andorra, begint het hevig te sneeuwen. Ze komen maar heel langzaam vooruit in de steeds hoger wordende sneeuw. Hun voeten bevriezen en de etensvoorraad wordt steeds krapper. De elfde dag bereiken ze compleet uitgeput en met bevroren tenen en vingers Angoustrine. Ze vinden een goedkope slaapplaats in de stal van een boer. Door de warmte van de koeien is het daar aangenaam. Afgeschermd van de koeien maken ze een strobed waarop goed te slapen is. De volgende dag is het sneeuwgeweld op volle kracht. Een stevige en koude oostenwind verandert het landschap in grote sneeuwheuvels. In de loop der dagen neemt de sneeuwstorm enigszins in kracht af. Maar ook als de sneeuw minder wordt; het is en blijft ondoenlijk en zelfs gevaarlijk om verder te lopen. Ze willen verder en vragen de boer om raad. Het dorp is voor vele levensmiddelen, kleding, bouwmaterialen, landbouwmachines, gereedschappen en nog veel meer afhankelijk van het station in Ax-les-Thermes ongeveer 45 km ten noorden van Angoustrine. Iedere veertien dagen gaat er een konvooi vrachtauto's, voorafgegaan door twee sneeuwruimers, naar Ax-les-Thermes. Het volgende konvooi is in twee dagen gepland en de boer nodigt hen uit om mee te gaan met het konvooi. Vroeg in de morgen klimmen Claude en Stephanie in de cabine van de vrachtwagen. Hun vrachtwagen sluit zich aan bij een stoet van minstens dertig andere vrachtwagens, die voorafgegaan wordt door twee sneeuwschuivers. Langzaam kruipen de voertuigen achter de sneeuwschuivers naar boven en bereiken aan het eind van de dag Ax-Les-Thermes. Uitgeput gaan ze naar een kleine herberg om te eten en te slapen. Weer enigszins doorvoed gaan ze de volgende morgen per trein naar het stadje Tarrascon, om van daaruit de zoektocht te beginnen naar een betaalbare smederij. Hun droom is om een nieuw eigen bestaan op te bouwen en een gezin te stichten. Ze trekken vele weken door de lagergelegen delen van de Pyreneeën en bezoeken vele smederijen, waarvan velen niet te koop zijn of veel te duur. Bij één van hun zoektochten komen ze bij een smid die hun vertelt dat er een kleine smederij in Saint-Christaud te koop is voor een schappelijke prijs. Ze gaan daar direct heen. De kleine smederij ziet er erg vervallen uit, maar er is iets van te maken. Ze besluiten de smederij te kopen van hun laatste spaargeld. Ze vinden dat niet erg omdat ze met de smederij weer mogelijkheden hebben om geld te verdienen. Tijdens het opknappen van de kleine smederij, blijkt dat

er heel veel aan moet gebeuren. Het dak lekt, de stroom-
leidingen zijn deels kapot en de bedrading is slecht, diverse kozijnen zijn doorgerot en de schoorsteen staat op
instorten. Met behulp van hulpvaardige buren, die blij
zijn dat er weer een smid in het dorp is, wordt het huis
zo goed als het kan gerenoveerd. Financieel is het een
grote tegenvaller. De verbouwing zal ongeveer twee maanden duren. Om weer brood op de plank te hebben, besluit
Stephanie een was- en strijkdienst op te zetten. De eerste
klanten (hun beide buren) zijn zeer tevreden met het
werk van Stephanie, en het nieuws van de nieuwe en
goede wasvrouw gaat als een lopend vuurtje door het
dorp. Er komt weer genoeg geld binnen voor eten en af
en toe een luxe uitgave, voor een radio, een elektrisch
strijkijzer, een tapijt et cetera. Als de nieuwe schoorsteen
op het dak staat, brandt het vuur in de smederij weer.
De eerste klanten melden zich bij de smederij met kleine
opdrachten: hoefijzers slaan en het repareren van ploegen
en andere landbouwwerktuigen. Ze hebben het goed
samen, en dat overtreft iedere verwachting die ze meer
dan een jaar nog gehad hebben. Voorjaar 1943 wordt
Stephanie zwanger. In de derde maand gaat ze naar de
vroedvrouw Simone, een stevige en zwaarlijvige boeren-
vrouw van rond de vijftig die al meer dan 25 jaar de meer-
derheid van de kinderen uit het dorp ter wereld geholpen
heeft. Zij stelt vast dat het goed gaat met het kind, het
hart klopt regelmatig. De winter van 1943 komt vroeg.
Midden oktober wordt het dorp geplaagd door zware
herfststormen. Iedere bewoner van het dorp weet dat dit
een voorteken is voor een zeer zware winter. Snel worden
de houtvoorraden aangevuld. Op 27 oktober beginnen
de weeën. Claude belt Simone. Zij worstelt zich door de

sneeuw en storm naar de smederij. Als Simone Stephanie onderzoekt, stelt ze vast dat het kind een rugligging heeft en dat er geen ontsluiting is. Haar bloeddruk is veel te hoog, en haar bewustzijn begint langzaam af te nemen. Claude belt naar het ziekenhuis in Toulouse. Nadat de telefoon verschillende keren wordt doorgeschakeld, komt uiteindelijk de jong noodarts Paul-Jean aan de lijn. Simone legt kort en zakelijk de medische situatie uit van de bevallende moeder. Paul-Jean oordeelt, op basis van de informatie van Simone, dat er nu snel gehandeld moet worden. Door de sneeuwstormen zijn de meeste wegen ondergesneeuwd. Het kan nog dagen duren voor de ze weer open zijn. Paul-Jean is zich bewust dat er nu gehandeld moet worden. Hij vraagt of Simone bereid is een keizersnede te doen om moeder en kind te redden. Simone schrikt ervan en zegt dat ze hiervoor niet bevoegd is. "Maak je geen zorgen, Simone," zegt Paul-Jean. "Ik neem de volledige verantwoordelijkheid voor de ingreep op mij. Het is onze enige kans om de moeder en het kind te redden. Volgens de eed van Hyppocrates is het mijn plicht een leven te redden als dat mogelijk is." Simone stemt ermee in, en ze gaan aan de slag. Daarna vraagt hij of de smid aan de telefoon kan komen. Hij vraagt ook Claudes instemming voor de ingreep, die direct daarmee instemt. Daarna krijgt hij een aantal instructies van Paul-Jean. Kort legt hij uit dat alles gedurende de ingreep steriel moet zijn. Hij geeft Claude de instructie om snel een aantal zeer scherpe "steriele scalpels" te smeden. Daarna moet hij ze steriel maken met alcohol, maakt niet wat voor soort alcohol, als er maar meer dan 30% alcohol in zit. Claude gaat direct een het werk en geeft de telefoon weer aan Simone. Dan komt de vroedvrouw weer aan de lijn. Hij vraagt wat ze meegenomen heeft. Kort en zakelijk benoemt ze de spullen die ze in haar tas heeft: twee flesje 80% alcohol om te desinfecteren, een flesje ether voor verdovingen, meerdere pakketten steriele gaasjes, een "hoorn van Pinard" voor hartslag, jodiumtinctuur voor de behandeling van de wonden, een steriele naald- en draadset, steriele doeken, meerdere zakjes met instant babymelk en zelfs een steriele deken voor de baby. Tot slot heeft ze een pallet aan kruiden voor tal van toepassingen bij zich. Paul-Jean is zeer tevreden over haar professionaliteit. Vervolgens vraagt hij aan Simone hoe de woonkamer ingericht is. Simone vertelt dat er twee doorgezakte stoelen staan en een bank die behoorlijk afgeleefd is. Het enige meubelstuk dat als operatietafel geschikt is, is een grote eiken tafel. Simone zet tafel onder de lamp en maakt met haar alcohol alles zo goed mogelijk steriel, zelfs de lamp. Op de harde tafel worden twee schone dekens gelegd, daaroverheen twee schone lakens, en de kolenkachel wordt opgestookt. Samen met Claude tilt Simone Stephanie op de tafel. Ze kreunt daarbij heftig. Paul-Jean instrueert Simone via de telefoon hoe zij het beste met een doek, gedrenkt met ether, een lichte narcose kan geven aan Stephanie. Om maximaal licht te krijgen worden alle andere lampen ook aangestoken. De ingreep van de keizersnede begint. Ze controleert nog een keer het hart van de baby. Dat wordt al iets zwakker en er moet nu zeer snel gehandeld worden. Simone doet een schone katoenen lap om haar hoofd, wast haar handen en armen grondig en met alcohol en knoopt een steriele doek voor haar mond. Ze wast de "scalpels van Claude" en desinfecteert ze nog eens extra met alcohol. Claude krijgt de opdracht de telefoon continu aan het oor van Simone te houden om de instructies van Paul-Jean door te geven. Paul-Jean zegt dat een gevaarlijk operatie is met hoge risico's en bevestigt nogmaals dat, als het mis gaat, het zijn verantwoording is. Eerst moet Simone de buikwand heel voorzichtig openen met het scalpel. Ze doet dit met grote voorzichtigheid en met vaste hand. Belangrijk daarbij is dat de blaas niet beschadigd mag worden, en Paul-Jean beschrijft hoe zij dat kan voorkomen. Stephanie verliest langzamerhand steeds meer haar bewustzijn, waarschijnlijk door de pijn die ze ondanks de ether-doek nog heeft. Ze ademt erg snel en kreunt voortdurend. Claude trekt bleek weg als hij het bloed ziet, maar weet zich staande te houden. Daarna moet de baarmoeder met het mes heel voorzichtig geopend worden, zonder het kind te raken. Dat lukt haar, wonder boven wonder, zeer goed. Snel pakt ze met beide handen de baby en brengt haar, het is een meisje, ter wereld. Claude begint luid te huilen als hij zijn dochter ziet. Het kind heeft een blauwige huidskleur, maar ze ademt regelmatig. Na enige minuten begint het kind krachtig te huilen. Simone wikkelt het kind in schone doeken en geeft haar aan Claude, die de opdracht krijgt met het kind voor de kachel te zitten, totdat ze klaar is met behandeling. Het wiegje dat Claude getimmerd heeft, staat klaar bij de kachel, maar hij houdt zijn dochter de hele tijd op schoot, om te wennen aan zijn nieuwe papa-rol. Hij kan zijn ogen niet afhouden van zijn mooie dochter, wat maar goed is omdat de tafrelen op de tafel beter niet getoond kunnen worden aan Claude. Paul-Jean geeft nu de instructies voor het sluiten van wonden. Het duurt enige tijd voordat ze daarmee klaar is. Daarna wast ze Stephanie grondig en doet extra jodium op de wonden.

Ze heeft veel bloed verloren en is nog steeds niet bij haar positieven. Ze ademt erg onregelmatig. Simone maakt zich grote zorgen over Stephanie, en belt iedere 15 minuten met Paul-Jean om de toestand van Stephanie door te geven. Paul-Jean geeft de instructie om via een rietje heel voorzichtig suikerwater, beetje voor beetje, in haar mond te druppelen om uitdroging te voorkomen. Continu bewaakt Simone de toestand van haar patiënt en belt ieder kwartier met Paul-Jean. Claude is voor de kachel in slaap gevallen met het kind op schoot. Simone maakt Claude wakker om de baby te voeden met aangelengde babymelkpoeder, en daarna legt ze het kind voorzichtig in de wieg. Liefdevol bedekt Claude haar goed toe met dekens. Simone is doodmoe, kan nauwelijks meer op haar benen staan, maar ze moet door. Daarna belt ze weer met het ziekenhuis om de situatie te rapporteren en voor de verdere instructies van Paul-Jean voor de behandeling van Stephanie. De arts is zeer tevreden over de handelingen die Simone gedaan heeft de afgelopen nacht. Hij zal de hele tijd bij de telefoon blijven. Zodra er iets is, moet ze gelijk bellen. Simone controleert regelmatig de hartslag en ademhaling van Stephanie. Haar polsslag is zwak, maar redelijk regelmatig. Af en toe wordt ze een beetje wakker en praat wartaal. Haar gezicht is vetrokken van pijn, en voortdurend kreunt ze zachtjes. Ze leeft in een bijna onmenselijke toestand, op de rand tussen leven en dood. Simone geeft haar af en toe ether ter verlichting van de pijn. Ze weet dat teveel gebruik van de ether de lever kan aantasten, maar ze heeft geen alternatief. In de loop van de ochtend begint Stephanie wat helderder te worden. Simone toont haar de dochter en ze leeft op als ze haar kind voor het eerst ziet. Ze legt het kind bij

Stephanie en geeft haar heel kort de borst, om de te kijken of de borstvoeding functioneert. Stephanie bloeit op van de "moeder-en-kind-band, maar het voeden kost haar heel veel energie. Na korte tijd valt ze weer terug in haar halfslaap. Paul-Jean belt nog steeds frequent en hij blijft erg bezorgd. Hij vraagt haar ieder uur de bloeddruk, hartslag en temperatuur en de algehele indruk van de patiënt door te bellen. Het wordt Simone duidelijk dat haar hulp nog langere tijd dag en nacht nodig is. Hulp is nog steeds niet onderweg omdat het dorp compleet van de buitenwereld is afgesloten door sneeuwbergen. Omdat Simone en haar man geen telefoon hebben, stuurt ze Claude naar haar huis (een forse wandeling door de sneeuwstorm), om haar man te informeren wat er aan de hand is, en dat dat het dagen kan duren voor ze weer thuis is. Ze maakt ook een lijst van spullen die Claude mee moet nemen. Claude neem zijn grote rugzak mee, kleedt zich warm aan en vertrekt. Simone is blij dat Claude weg is. Ze heeft meerdere uren om het kraambed goed op te maken. Geregeld voedt ze de baby met instant-kindermelk. Ze heeft genoeg zakjes bij zich om het kind de komende twee dagen te voeden. Ze geeft ze de baby nogmaals de fles, die daarna weer in slaap valt. Het doet het kind goed, haar kleur is beter en ze ziet er tevreden uit. Simone is ondertussen compleet afgepeigerd, maar ze moet verder. Het huis moet opgeruimd worden, en het gebruikte beddengoed, handdoeken, kleding moeten een kookwas hebben. Ze zet een twee grote kookketels met water op het fornuis. Als het water aan de kook is, wordt de wastobbe gevuld, de zeep wordt geraspt met een zeep rasp, en aan het hete water toegevoegd. De placenta wordt in de kolenkachel verbrand – een oud bijgeloof in deze regio dat dit de duivels uitdrijft waardoor het kind een beter toekomst krijgt. Eindelijk heeft ze dan even rust. Ze zet een stoel naast het bed van Stephanie. Ze slaapt al iets rustiger, waarbij haar gezicht geregeld vertrekt van de pijn. Een half uur later meet ze nog een keer de polsslag, temperatuur en bloeddruk, en meldt de informatie aan de Paul-Jean. Hij bespeurt haar vermoeidheid. Gelukkig heeft Paul-Jean ook een goed bericht. De sneeuwstorm neemt morgen wat af. Hij heeft geregeld dat een rupsvoertuig uit de kazerne in de buurt van Toulouse morgenochtend rond 8.00 vertrekt naar de smederij. Een arts rijdt mee die haar ter plekke verder kan behandelen en haar klaar kan maken voor het transport. Het begint al donker te worden als Claude weer thuiskomt, aan alle kanten bedekt met sneeuw. Hij ziet eruit als een heuse sneeuwman. Simone helpt hem uit zijn jas, en zet hem in de stoel voor de kachel, waar hij weer op temperatuur komt en er weer kleur op zijn gezicht komt. Dan ziet hij zijn slapende dochter in de wieg naast zijn stoel. Hij geeft de bestelde spullen aan Simone, gaat zitten in een stoel en neemt zijn dochter in de armen. Ze begint te lachen als ze haar vader ziet. Claude heeft alles wat denkbaar is uit de huisapotheek van Simone meegenomen. Simone maakt voor Stephanie een drankje bestaande uit valeriaan, alcohol en diverse kruiden. Ze helpt Stephanie dit langzaam op te drinken. Daarna slaapt ze wat rustiger. Ze blijft echter de gehele nacht behoorlijk woelen en kreunt voortdurend. In de loop van de morgen neemt de koorts toe wordt ze verwarder. Het eten dat aangeboden wordt, slaat zij af. Er moet snel iets gebeuren. Rond 10.00 uur horen ze een luid gebulder dat in de richting van het huis komt. Het gigantische rupsvoertuig parkeert direct voor de deur. Twee jonge artsen stijgen snel uit en gaan direct naar de patiënte. Samen nemen ze de diagnose, waarbij zij elkaar bezorgde blikken toewerpen. Ze geven een paar injecties en medicijnen om de koorts te onderdrukken en leggen haar op een brancard. Ze handelen snel en professioneel, en in mum van tijd rijdt het rupsvoertuig weer terug. Aan het begin van de middag komt ze aan bij het ziekenhuis. Twee keer per dag belt het ziekenhuis op om de toestand van Stephanie te melden. Het gaat gelukkig steeds beter met haar, en na twee weken is ze voldoende hersteld om maar huis te gaan. Zodra ze thuiskomt, geven Claude en Stephanie hun dochter de naam Julliet. Ze zullen deze angstige tijd nooit vergeten. Ze kennen nu de angst om een partner of kind te verliezen, wat ervoor zorgt dat er een stevige band is tussen de ouders en het kind.

De smederij loopt goed en dochter Julliet groeit als kool. In augustus 1947 gaat Julliet voor het eerst naar het dorpsschooltje in Saint-Christaud. De school heeft één leraar, maar één lokaal en 24 leerlingen. De eerste maanden moet Julliet wennen aan de drukte. Op het pleintje voor de school wordt behoorlijk veel gespeeld, gezongen, wedstrijden gehouden, soms een gevecht en soms een feest. Voor een klein meisje is het een overweldigende en soms enigszins bedreigende omgeving. Ze krijgt gelukkig snel vriendschap met de negenjarige Fleury, die de gehele basisschooltijd stand houdt. Julliet kan goed leren, leert graag en toont haar intelligentie. De meester is vaak trots op haar leergierigheid, wat de achterdocht van diverse leerlingen opwekt.

In het begin van de vijftiger jaren verandert de wereld met nieuwe technologieën. Het werk van paarden wordt overgenomen door tractoren. Daardoor loopt de behoefte aan hoefijzers en het beslaan van paarden drastisch terug. Tractoren hebben onderhoud nodig, maar Claude heeft niet voldoende geld om een werkplaats voor landbouwmachines te bouwen. Ze hebben het nog goed, maar de marges worden steeds kleiner. In het midden in de jaren vijftig komt de electro-lasapparatuur. Veel boeren kopen deze apparaten om zelf snel reparaties te kunnen doen. Claude is geen lasser, maar een smid. Hij heeft angst voor elektrische apparatuur met veel stroom, daarom durft hij ook hier niet in te investeren. De inkomsten van de smederij worden steeds kleiner. Om de kosten op levensmiddelen te beperken en om extra geld te verdienen, besluit Stephanie een groeten- en kruidentuin aan te leggen achter de smederij. Julliet helpt goed mee, en samen brengen ze veel tijd door in de tuin. Ieder vrijdagmorgen gaat Stephanie naar de markt in Gazeres sür Garonne, waar ze haar producten verkoopt.

De klantenkring van de smederij wordt langzaam kleiner. Vele kleine boerenbedrijven worden opgekocht door grotere bedrijven, wat niet de clientèle is van Claude. Hij ziet zijn smederij-inkomsten verder dalen. Er is meer geld nodig, ook voor de opgroeiende Julliet, voor nieuwe kleding, boeken en andere spullen. In april 1951 breidt Stephanie haar kookwasservice uit. Ze koopt een grote koperen ketel bij een boer, die nu iedere zaterdag boven het vuur van de smidse staat. Naast de deur wordt een nieuwe prijslijst opgehangen, achter glas en omrand door een helgroen geverfde lijst. Er komen iedere dag behoorlijk wat inwoners langs de smederij, en al gauw gaat het nieuws van de nieuwe wasserij als een lopend vuurtje rond. Ze hebben alweer genoeg inkomsten om hun opgroeiende dochter te kleden en daarnaast nog enige luxe te kunnen kopen, zoals een nieuwe radio.

Julliet doet het heel erg goed op de school. Ze maakt trouw haar huiswerk, en heeft over de gehele linie zeer hoge cijfers. Met haar mooie rapport mag ze na de zomervakantie naar het Collège, een vierjarige middelbare schoolopleiding. Vier andere kinderen van haar klas, Bernodette, Thomas, Eugene en Fleury gaan ook naar het Collège in Gazeres sür Garonne. Ze spreken af dat ze na de vakantie iedere dag samen naar het Collège fietsen. Vader Claude heeft alvast een oude tweedehands fiets voor Julliet gekocht die hij volledig opgeknapt. Na drie weken knutselen staat er een blinkend groene damesfiets klaar en kan Julliet beginnen met leren fietsen. Het fietsen is moeilijker dan ze gedacht heeft. Het levert een aantal grote builen en schaafwonden op, voordat ze het helemaal onder de knie heeft. Enigszins zelfverzekerd gaat ze op haar fiets langs haar klasgenoten. Al snel ontstaat daarbij het plan om gezamenlijk met andere vriendinnen een fietstour te maken. Uiteindelijk is het haar gelukt om vier meiden te mobiliseren voor een tweeweekse fietsvakantie, met de toestemming van hun ouders. Alle vijf zijn ze nog nooit op vakantie geweest in de zomer en ze kijken uit naar hun fietsvakantie. De vader van Bernodette biedt aan dat ze hun oude campingspullen zoals een tent, matrasjes, vouwstoelen, camping bestek, borden, mee mogen nemen. De tent heeft net genoeg plaats voor vijf slaapmatjes. Geen probleem, want het weer is mooi. Al de spullen die ze nodig hebben worden over de fietsen verdeeld, maar dat past niet. De tent is te zwaar. Julliet vraag Bernodettes vader of zij de oude fiets, die in een hoek staat, mee mag nemen. Hij heeft daar geen probleem mee, maar vraagt zich af wat Julliet daarmee wil doen. Ze vertelt dat haar vader, de smid Claude, daar een goede fietsaanhanger van kan maken. Claude heeft niet al te veel te doen en binnen een paar dagen staat er een stralend groene aanhanger klaar voor vertrek. De daaropvolgende zondagmorgen staan alle vijf bepakt, bezakt, en voorzien van zakgeld voor de Smidse. Bernodette heeft van haar vader een kaart gekregen waarop de campings staan. Langs de Garonne-rivier zijn vele mooie campings direct aan het water, waar ze voor weinig geld kunnen overnachten. Nerveus gaan ze op pad. Ze hebben echter geen idee hoe de wereld buiten een straal van zo'n vijf kilometer eruitziet. Met een redelijk vaartje rijden ze naar Gazeres, en nemen dan de weg langs de rivier richting het zuiden, waar zeer weinig verkeer is. Vier uur later zijn ze bij een camping die bestaat uit een weide achter een kleine boerderij. De tent wordt opgezet, en wordt als kleedkamer gebruikt voor het aantrekken van hun badkleding. Meerdere campingbezoekers kijken bevreemd naar het meidenkwintet dat met lawaai en gespetter van het water geniet. Ze blijven er vijf dagen, wat meer dan genoeg is voor hen en ook voor de campingeigenaar. Er volgen nog twee campings, waar de dames zich wat rustiger gedragen. Twee weken later staan ze bruingebrand, weer voor de smidse. Doodmoe vertellen ze de ouders hun avonturen, waarbij menig ouder zijn wenkbrauwen opgetrokken heeft. De laatste weken van de vakantie gaat het mooie weer langzaam voorbij. Julliet zit daarom veel voor het raam van hun woonkamer te dagdromen, waarbij de dagen tergend langzaam voorbijgaan. Ze heeft iedere dag meer zin om naar het Lycee te gaan. Eindelijk komt dan de eerste Lycee-schooldag. 's Morgens om zes uur staan Bernodette, Thomas, Eugene, Fleury en Julliet klaar voor vertrek om de eerste Lycee-dag. Alle vijf hebben een zware schooltas op hun rug. Om vier uur in de middag ploeteren ze terug naar het veel hoger gelegen dorp Saint-Christaud. Onderweg wordt veel gesproken over hun eerste Lycee-ervaringen. Na een paar weken zijn ze gewend aan de fietsroute, en gaat de bestijging naar Saint-Christaud steeds gemakkelijker. Onderweg wordt veel geroddeld, over de kinderen van de klas, over lief en leed in Saint-Christaud.

Julliet is zeer geïnteresseerd in de vakken Engels, natuurwetenschappen, wiskunde, cultuur en geschiedenis, en haar cijfers voor deze vakken zijn uitmuntend. Dat komt mede doordat ze iedere avond zeer consciëntieus haar huiswerk doet. Ze zit soms tot laat in de avond in haar boeken en haar ouders maken zich af en toe een beetje zorgen. Voor een twaalfjarige meid is het normaal meer vertier te hebben dan boeken te bestuderen. De vrienden waarmee ze naar school gaat, vinden haar een streber, hoewel ze wel respect hebben voor haar hoge cijfers. Met Kerst 1953 komt ze met een glorieus rapport naar huis. Ze is de beste van de klas. Haar ouders zijn zeer trots op haar. Aan het einde van het schooljaar zijn de docenten over het algemeen zeer tevreden over de inzet en prestaties van Julliet. Thomas moet het eerste jaar nog eens overdoen, Fleury is met de hakken over de sloot naar het tweede jaar en Eugene stopt met zijn opleiding omdat hij zijn vader moet gaan helpen op de boerderij. Ook Bernodette heeft besloten haar studie te stoppen. Ze wil in de nieuwe autoshowroom van haar vader werken. In het tweede jaar fietsen Fleury en Julliet met zijn tweeën naar school – Thomas heeft op andere uren les – en het komt sporadisch voor dat hij mee kan fietsen met beide dames. Fleury en Julliet worden hartsvriendinnen die alles met elkaar delen, waarbij ook regelmatig de jongens in de klas besproken worden. Kort voor de kerstvakantie, bekent Fleury dat ze een relatie heeft met Xavier, een vijftienjarige jongen uit de hoogste klas. Julliet schrikt ervan. Een relatie met een jongen is wel het laatste dat ze op haar lijst heeft staan. Na de kerst blijft Fleury vaak nog op school hangen om met Xavier te zijn. Ze is tot over haar oren verliefd en haar interesse in schoolwerk is drastisch gedaald. Bijna iedere dag moet Julliet nu alleen van en naar school fietsen. Aan het einde van het schooljaar zijn Fleury's cijfers zo drastisch gedaald dat ze het jaar nog eens over moet doen. Door haar relatie met Xavier voelt Julliet zich verraden. Ze heeft behoefte aan een nieuwe hartsvriendin. Tijdens hun fietsvakantie hadden Bernodette en Julliet een goede band en verstandhouding. Ze besluit bij Bernodette op bezoek te gaan. Bernodette is nog steeds redelijk schuchter. Naast haar werk bij de autoshowroom doet ze de verpleegkunde opleiding, en moet daarvoor geregeld naar het ziekenhuis van Toulouse. Ze leest veel boeken. Net als Julliet wordt ze vaak boekenwurm genoemd. De oude band komt al snel weer terug. Ze begrijpen elkaar goed, kunnen troosten als het moet, en hebben regelmatig veel plezier over dingen. In het derde Lycee-jaar blijft Julliet geregeld bij Bernodette. In hun grote huis is altijd wel een bed te vinden als het te laat wordt. Julliet is bij ieder bezoek onder de indruk van de moderne autoshowroom met telkens weer nieuwe automodellen, en van de grote werkplaats. Steeds meer mensen kunnen een auto kopen, en het bedrijf loopt fantastisch.

Een aantal maanden voor het eindexamen, vraagt de schooldirecteur wat zij in haar vervolgstudie het liefste wil studeren. Het liefste wil Julliet diergeneeskunde studeren aan een universiteit. Helaas kunnen haar ouders deze opleiding nooit betalen, zowel wat betreft de kosten van de universiteit als de reiskosten. Als Julliet het kantoor van de rector verlaat, schrijft hij gelijk een brief aan de faculteit diergeneeskunde in Toulouse. Tegen het einde van het schooljaar roept de directeur Julliet bij zich. "Jij bent onze best scholier van de afgelopen jaren. Ik heb eerder dit jaar de universiteit van Toulouse geïnformeerd over je uitstekende leerprestaties, en je ambitie voor de studie diergeneeskunde. De universiteit biedt uitmuntende leerlingen de mogelijkheid voor een beurs. Voorwaarde is dat je een referent hebt die je presentaties kan bevestigen. Ik heb mij gelijk opgegeven als referent. Wij moeten 12 juli op gesprek bij de universiteit." Julliet is verrast, blij en opgetogen. Dit klinkt haar als muziek in de oren. Die avond vertelt Julliet haar ouders dat ze diergeneeskunde wil studeren aan de universiteit in Toulouse. Dit bericht wordt weinig enthousiast ontvangen en haar ouders schrikken ervan. Met argumenten als "Daar hoor je niet thuis", "Ze zullen op je neerkijken", "Studeren is ontzettend duur", "Wie betaalt de boeken?", "Wie betaalt de reiskosten?", "Waar moet je van leven?" proberen ze Julliet op andere gedachten te brengen. Maar dat niet gaat lukken. Claude en Stefanie weten dat ze Julliet erg zullen gaan missen. Daarnaast hebben ze ook de angst dat Julliet in de toekomst op hen neer zal kijken. Op 12 juli gaat Julliet samen met de rector van het de Collège naar Toulouse om een beurs aan te vragen. De rector haalt Julliet met zijn auto stipt op tijd af bij de smederij, en stipt op tijd staan ze voor de deur van het kantoor van de decaan van de faculteit diergeneeskunde. Het wordt een lange bespreking. Op de terugreis is ze opgetogen over het goede gesprek met de decaan, maar ze is ook erg nerveus of het wel zal lukken. De beslissing zal over een maand genomen worden. Een maand wachten in spanning. Op het zoldertje van de smederij, dat nu haar slaapkamer is, kan ze uren liggen dromen van de universiteit, die ze misschien nooit zal bezoeken. Geregeld komt ze met rode ogen weer naar beneden. De ouders zien het, maar hebben angst om er met haar over te praten. Eindelijk komt op 10 augustus een brief met het goede nieuws. Ze is toegelaten en krijgt een beurs van 700 Franc per maand, met de voorwaarde dat zij goede studieprestaties levert. Omdat Toulouse te ver is om iedere dag heen en weer te pendelen heeft Julliet een kamer nodig om in te wonen. Op 2 augustus gaan Julliet en haar moeder al zeer vroeg met de trein naar Toulouse. Daar aangekomen, laat Julliet haar eerst het Universiteitsgebouw zien, een statig en groot gebouw uit het einde van de van de 19^e eeuw. De universiteit ligt niet ver van het oude centrum van Toulouse. In en om het gebouw is er een continue stroom van studenten. Julliet besluit om deze studenten aan te spreken voor een kamer. Het is niet gemakkelijk. Na twee uur is er nog geen lichtpuntje. Maar ze gaan door. Tegen het einde van de middag komt er een jonge vrouw naar buiten die een stuk ouder is dan de gemiddelde student. Ze loopt direct naar Julliet en Stephanie. "Hallo, ik ben Magda, en werk hier op de faculteit. Ik heb jullie de hele ochtend vanuit mijn kantoor gezien, en toen dacht ik, een moeder en dochter die urenlang studenten bevragen: die zijn op zoek naar een kamer".

"Ja, dat klopt," zeggen beiden gelijk. Magda heeft sinds kort een appartement in het centrum, waar nog een kleine kamer leeg staat. Als ze zich goed gedraagt, mag ze deze kamer huren voor het komende studiejaar. Magda nodigt Stephanie en Julliet direct uit het appartement te bezichtigen. Het is een fantastisch appartement op de bovenste verdieping van een hoog en statig gebouw, midden in het oude centrum van de stad. De "kleine kamer" is voor Julliet een balzaal. Magda vertelt waarom zij de kamer aan Julliet wil verhuren. Verreweg de meeste studenten zijn jongens. Ik heb meerdere heren hier over de vloer gehad, die ik vervolgens er weer uitgegooid heb vanwege roken, meegesmokkelde vriendinnen, overmatig alcohol, luidruchtigheid, et cetera. Vanuit mijn kantoor kon al zien dat dit met jou niet zal gebeuren. Ze spreken een huur van 100 Franc per maand af, wat Julliet gemakkelijk kan betalen met haar beurs. De eerste dag op de universiteit voelt ze zich als een wilde baviaan die de stad bezoekt. Haar kleding is behoorlijk ouderwets, en men kan zien dat er veel aan versteld is. Ze wordt er beetje verdrietig van. Dit is niet "haar klasse". Gelukkig heeft Magda een grote kledingcollectie, en ze schenkt Julliet een paar jurken en shirts, zodat ze minder opvalt tussen de andere studenten. Julliet is haar zeer dankbaar. Langzaam went ze aan het academische leven en na een week heeft ze al een aantal vriendinnen en vrienden waarmee ze 's avonds in goedkope bars of in het studentenrestaurant van de universiteit, gaat eten en/of drinken. In de weekenden gaat ze naar huis, met een grote tas wasgoed. De weekeinden lijken wel weer op de oude tijd met zijn drieën, maar er is het één en ander veranderd bij Julliet. Ze begint langzaam maar zeker volwassen te worden, en toont steeds meer haar eigen zin. Het leidt geregeld tot kleine en grote conflicten. Haar ouders weten niet goed hoe ze met hun opgroeiende "speciale dochter" moeten omgaan. Ze merken dat ze steeds meer vervreemdt van haar thuisfront. Ook het tweede jaar levert Julliet weer uitstekende leerresultaten. Ze is nu helemaal opgenomen in haar vriendenkring, waar ze veel vrije tijd mee doorbrengt. Er zijn veel culturele activiteiten in Toulouse, die haar en haar vriendenkring uitstekend bevallen. Ze leert de jazz kennen, in eerste instantie vindt ze het oerwoudgebrul, maar na enige tijd gaat ze het zeer waarderen. Veel van haar vrienden zijn benieuwd waar zij vandaan komt. Ze blijft daar erg vaag over. Ze geniet van het leven in Toulouse, en wil niet te veel terugkijken.

Tot en met oktober 1957 loopt alles goed, maar toen begint de ellende. Vader Claude krijgt plotseling problemen met zijn ademhaling. Zodra hij zich inspant, wordt hij kortademig, en heeft dan tijd nodig om weer op adem te komen. Voor het zware beroep van smid, betekent dit het einde van zijn loopbaan. Drie dagen later gaat hij met Stephanie per taxi naar de huisarts in Gazeres sür Garonne. Na een uitvoerig lichamelijk onderzoek constateert de huisarts dat de kortademigheid mogelijk komt van problemen met zijn hartkleppen. Via zijn stethoscoop hoort hij een continue ruis bij de aorta, wat meestal een signaal is voor een verkalking of slijtage aan de aortaklep. Gezien de ernst verwijst hij hen direct door naar het ziekenhuis in Toulouse, het dichtstbijzijnde ziekenhuis met een cardiologische afdeling. Per ambulance wordt hij naar het ziekenhuis gebracht. Julliet en haar moeder blijven geschokt en verdrietig huis. Ze vrezen beiden het ergste voor hun echtgenoot en vader, maar durven die gedachten niet te uiten. Zwijgend kijken ze naar de telvisie en gaan vroeg naar bed. Zowel Stephanie als Julliet slapen die nacht zeer slecht. De volgende ochtend komt er een telefoontje van het ziekenhuis. Claude ligt aan de hartbewaking. De komende dagen worden er diverse onderzoeken gedaan, om te bepalen of een medische ingreep mogelijk is. In spanning wachten zij op nieuws, vooral goed nieuws. Twee dagen later belt het ziekenhuis weer. Stephanie krijgt een lang verslag van de toestand van Claude, waarbij Julliet probeert zoveel mogelijk mee te horen. Volgens de cardioloog sluit de aorta-hartklep niet goed, waardoor er te weinig bloed door het lichaam wordt gepompt, wat de oorzaak is van Claudes continue benauwdheid. De hartklep is niet meer te repareren. In Amerika worden sinds een paar jaar kunstmatige, mechanische hartkleppen geïmplanteerd met een klein balletje dat zit opgesloten in een constructie en dat werkt als een hartklep. Het is een zware operatie, die alleen gedaan wordt bij mensen die een redelijke gezondheid hebben. Daarom is er eerst uitvoerig onderzocht wat de kans is dat Claude de operatie kan overleven. Het bloedbeeld, de leverwaarden en de longfunctie zijn uitgebreid onderzocht. Helaas kwam uit dit onderzoek dat Claude ook een gevorderd longemfyseem heeft, waarschijnlijk veroorzaakt door de ongezonde atmosfeer in de smederij. "De kans dat hij de operatie overleeft, schatten wij op kleiner dan 10%. Voor uw man is het het beste om in alle rust thuis te zijn. Wij schrijven medicijnen voor om Claude meer lucht te geven, zodat zijn benauwdheid iets minder wordt." Als laatste vraagt hij of er nog vragen zijn. Stephanie en Julliet zijn verslagen door het slechte nieuws.

Stephanie vraagt terneergeslagen welke levensverwachting Claude nog heeft. De arts zegt dat in een dergelijke toestand een patiënt een levensverwachting heeft van 3 tot 6 maanden, maar langer of korter komt ook wel voor. Laat in de middag komt Claude met een ambulance weer terug naar de smederij. Hij ziet er afgepeigerd uit. Julliet en Stephanie moeten hem ondersteunen om de sofa te kunnen bereiken. Het duurt vele minuten voor hij weer een beetje op adem komt. Met horten en storten vertelt hij hoe het onderzoek in het ziekenhuis verlopen is. Hij weet dat hij niet lang meer te leven heeft. Hij voelt zich schuldig dat hij zijn vrouw en dochter continu om hulp zal moeten vragen. Stephanie komt bij hem zitten, slaat haar arm om hem heen en zegt met tranen in de ogen dat zij hem ongelofelijk liefheeft. Ze zal alles doen om zijn verblijf op het aardse zo goed en aangenaam mogelijk te maken. Claude begint ook te huilen en kort daarna staan ook bij Julliet de tranen in de ogen.

Julliet besluit om voorlopig thuis te blijven om haar moeder te helpen. Ze belt Magda en legt haar de situatie uit en belooft haar te bellen wanneer ze weer terug zal komen. Het ziet er echter naar uit dat zij langere tijd nodig zal hebben om haar ouders te helpen. Het worden zware dagen, weken en maanden. Omdat zijn conditie sluimerend achteruitgaat, heeft Claude steeds meer verzorging nodig. Stephanie doet wat ze kan om het zo comfortabel mogelijk te maken, wat steeds meer een volle dagtaak wordt. Ze heeft Julliet nu hard nodig. Nu er geen inkomsten zijn van de smederij, zal ook Julliet haar uiterste best moeten doen om de kookwasservice en de verkoop van kruiden en groenten draaiende te houden.

De universiteit heeft al verschillende keren opgebeld. Stephanie heeft steeds geantwoord dat Julliet niet beschikbaar is. "Zodra ze kan, gaat ze weer naar school". Na acht weken stapt een heer uit een luxe citroen-limousine, en vraagt naar Julliet en haar ouders. Het is de decaan van de universiteit, die zich ernstig zorgen maakt over Julliet die de afgelopen periode nooit te bereikbaar was. Julliet hoort de stem van de decaan en beseft gelijk dit een slecht-nieuws-huisbezoek is. Ze loopt de decaan direct tegemoet en geeft hem een hand. De decaan maakt zich grote zorgen over haar afwezigheid de afgelopen acht weken. "Ik heb de laatste weken herhaaldelijk gebeld, maar ik kreeg je niet aan de telefoon. Telkens werd door je moeder gezegd dat je niet aanwezig bent". Julliet kijkt haar moeder aan, die langzaam begint te blozen. Schuchter vertelt ze dat zij het was die steeds geantwoord heeft dat Julliet niet beschikbaar is. Hij vraagt Julliet wat reden is om, zonder enige melding, acht weken lang niet op de universiteit verschijnen. Acht weken de lessen missen geeft een behoorlijke achterstand, die niet meer in te halen is. Julliet probeert uit te leggen dat ze geen keuze meer heeft om nog naar de universiteit te gaan. Haar moeder en vader hebben haar de komende maanden harder nodig dan de universiteit. De zorg voor haar vader en het runnen van het huishouden hebben nu haar hoogste prioriteit. Ze nodigt de decaan uit om kennis te maken met haar moeder en doodzieke vader. Hij gaat naar binnen en schudt ook hand van de vader, en feliciteert hem met zijn zeer intelligente dochter. Claude krijgt een glimlach op zijn grauwe gezicht. Als ze weer buiten staan, vertelt de decaan dat haar beurs voor de rest van het collegejaar bevroren zal worden. Ze begrijpt het, maar het doet haar innerlijk veel pijn. Daarna rijdt de decaan weer terug naar Toulouse. Stephanie, die het gesprek van een afstand gevolgd heeft, is verdrietig voor haar dochter. Julliet is nog veel verdrietiger omdat ze zeer waarschijnlijk geen tweede kans meer krijgt om met een beurs naar de universiteit terug te keren. Ze slikt deze gedachte snel weg, om te voorkomen dat haar moeder nog meer schuldgevoelens zou krijgen. Julliet geeft haar een knuffel en gaat weer verder met haar werkzaamheden in de kruidentuin. De volgende drie maanden sterft telkens weer een stukje van Claude, zowel lichamelijk, emotioneel als geestelijk. Julliet en Stefanie doen hun uiterste best hem een beetje waardigheid te geven, maar ook dat sterft af. Hij haalt nog de kerstdagen, maar voor de laatste keer. Op 21 februari 1960 klopt de laatste slag van zijn hart. En dan komt bij Stephanie en Julliet een enorme hoeveelheid emotie naar boven. Alle emoties die ze de laatste maanden verstopt hadden, komen eruit. De sluizen staan open en er stroomt een vloed aan treurnis. Ze gaan naar bed, en houden elkaar vast met een kracht, die leidt tot een band die nooit meer voorbij kan zijn. Ze slapen voor het eerst sinds lange tijd een zeer lange, diepe en onrustige slaap. Claude wordt opgebaard in het schoollokaal, die nu tijdelijk als aula dient. Er komen weinig mensen voorbij, voornamelijk enkele trouwe klanten van de smederij. 26 februari wordt hij in kleine kring begraven op de begraafplaats achter de dorpskapel. Het enige wat nog herinnert aan zijn aardse bestaan is een houten kruis met zijn naam erop. Als ze weer teruglopen naar hun huis, geeft de goed-doorvoede kapelaan Stefanie nog een brief, en wenst hun veel sterkte met het verlies van hun vader en man. Thuisgekomen blijkt dit de rekening te zijn van de uitvaart. Het is een vrij hoge rekening die ze niet kunnen betalen. Om het geld bij elkaar te schrapen, verkopen ze de gereedschappen van Claude aan de lokale boeren, die erg ruimhartige prijzen bieden. Ze zijn eindelijk weer schuldenvrij. De komende dagen nemen Stefanie en Julliet nemen de tijd om een "overlevingsplan" te maken. Ze besluiten dat Stefanie vijf dagen per week haar kookwasdienst aanbiedt. Om de klanten te binden, zullen ze kookwas-abonnementen aanbieden. Een kookwas kost 10 Franc (meer dan voorheen). Eén wekelijkse kookwas kost voor een heel jaar 350 Franc per jaar (7 franc per was). Bij het abonnement van twee of meer kookwassen worden de prijzen nog lager. Julliet zal zich bezighouden met de teelt van kruiden en speciale groenten. Om voldoende opbrengst te krijgen wordt het nog resterende deel van het gazon omgeploegd en bemest. Julliet is van plan een klein stalletje huren op de zaterdagse weekendmarkt. De volgende zaterdag gaat ze naar Gazeres sür Garonne om met de marktmeester te bespreken wat mogelijk is. De gemoedelijke, rondbuikige marktmeester, Gaston, legt haar uit wat de regels op de markt zijn. Julliet vertelt haar plan om zelf kruiden, speciale groenten, en in de zomer ook bloemen te telen, en ze wil die op de zaterdagmarkt verkopen. Gaston vindt dit een heel goed idee. Er zijn veel grote stands waar de boeren hun groenten en fruit verkopen, maar zo'n bijzondere stand, daar zit wel muziek in. Hij raadt haar aan een handkar te kopen. Daarmee kan ze haar spullen naar de markt brengen, en die kan ook als marktstalletje gebruikt worden. Uiteindelijk kost dat veel minder geld dan de huur van een klant-en-klare marktstand. Tot slot beklaagt hij zich over verschillende verkopers die aan de rand van de markt staan met bijvoorbeeld bloemen, messen, pleisters, et cetera. Julliet vertelt dat haar moeder daar bijna wekelijks stond. Ze willen het nu professioneler aanpakken, en daarom willen ze op de markt staan. Ze schudt Gaston de hand, bedankt hem hartelijk voor de tips, en wil al weglopen richting huis. Na een luttele tien seconden roept Gaston dat hij haar waarschijnlijk kan helpen met een handkar. Julliet draait zich direct weer om. "Een oude boer, die hier wekelijks stond, is gestopt met zijn handel. Volgens mij is zijn kar nog redelijk goed. Als je er een mooi verfje op doet, word je de kruiden-toverfee van de markt". Ze belooft dat ze er de volgende week zal staan en iedereen zal betoveren met haar kruiden. Gaston geeft het adres van de boer, ongeveer een kilometer lopen van de markt. Ze gaat er gelijk heen en komt bij het kleine boerderijtje. Ze belt aan. Het duurt enige tijd voor de boer en de boerin gezamenlijk de deur openen. Ze ziet twee mensen met een redelijk hoge ouderdom. De man is gekleed in een grauwe overall, met vlekken. Onder zijn kin hangt een grijze stoppelbaard, en er ontbreken diverse tanden in zijn gebit. Bij de vrouw ontbreekt de stoppelbaard, maar voor de rest is het beeld redelijk gelijk. Julliet stelt zich netjes voor en vertelt van de marktkar, die volgens Gaston te koop zou kunnen zijn. Het oudere paar lacht. Ze vertellen dat ze meer dan veertig jaar geleden een gebruikte kar gekocht hebben, om hun spullen naar de markt te brengen. Destijds waren zij ongeveer even oud als Julliet. Ze vinden het een wonder dat de geschiedenis zich herhaalt. "Wij kunnen urenlang verhalen vertellen van wat wij beleefd hebben, de sneeuwstormen, een aanrijding met een auto die niet goed uitgekeken had. Toen de kinderen nog klein waren, hebben wij lange tochten met de kar door de weiden en bossen gemaakt. Ze genoten daarvan." Julliet vraagt wat de kar kost. De boer wil net beginnen met een prijsonderhandeling, als de vrouw zegt: "Je mag hem zo meenemen, hij kost niets. Wij zijn blij dat een nieuwe generatie ons beroep voorzet. Onze kinderen wilden nooit dit beroep uitoefenen." Waarbij de boer nog toevoegt: "Jij bent uit het juiste hout gesneden, jij komt er wel. Waar kom je vandaan?" vraag de boer. Ze vertelt dat ze uit Saint-Christaud komt. Verbaasd zegt de boer: "En jij denkt dat je die zware kar vijf kilometer naar boven kan duwen??" Daar had ze niet over nagedacht. Perplex zegt ze dat het dan helaas niet kan doorgaan, waarbij ze heel treurig kijkt. De vrouw heeft nog steeds een glimlach op haar gezicht wat doet vermoeden dat er "een ei uit de hoge hoed komt". En dat blijkt daadwerkelijk ook zo te zijn. Bij de kar hoort een hond, die onder de wagen gebonden wordt. "Dacht je dat wij het redden konden zonder hond?" De logistiek van de smederij naar en van de markt te rijden, lijkt te zijn gered als er ergens een hond te vinden is. De boer neemt Julliet mee naar de schuur, waar een aantal honden staan aangelijnd. Hij geeft haar een krachtig gezond dier. Het is een zwarte hond die iets wegheeft van een herdershond. "Je mag hem voor niets hebben, onder de voorwaarde dat je af en toe bij ons voorbij komt, en dat je ons vertelt hoe je handel gelopen is. Misschien kunnen wij je in de toekomst nog wat tips geven, of je helpen op de markt als het druk is." Ze drinken nog samen een kop koffie en wisselen hun namen en vele gedachtes uit. Julliet mist haar vader, maar beseft dat ze nu twee nieuwe verwanten, Marcel en Elise, heeft, wat zij heel erg fijn vindt. Ze belooft snel weer voorbij te komen. Met de kar, getrokken door de hond, en voort-geduwd door Julliet, gaat ze weer terug naar de oude smederij. De lange weg gebruikt ze om een goede naam voor de hond te bedenken. Ze vindt dat de hond een beroemde naam moet hebben. Een naam die past bij een donkere hond. Ze laat vele namen in haar gedachten passeren en besluit uiteindelijk het dier de naam Bosos te geven. Een simpele naam die het beest hopelijk kan onthouden. Het begin al te schemeren als ze weer thuiskomt. Haar moeder staat al op de uitkijk. Ze hoort vanuit de verte al een hondenkar aankomen, maar besteedt daar weinig aandacht aan, tot ze tot haar grote verrassing Julliet achter de kar ziet. Ze is blij als ze haar ziet en zeer verbaasd als ze het voertuig dichterbij ziet komen. Julliet vertelt haar in geuren en kleuren het hele verhaal; het gesprek met de marktmeester, het bezoek aan de het oudere boerenpaar, en tot slot het geschenk van een hond, die Bosos heet. Stephanie is supertrots op haar dochter, maar ook verbaasd over wat die voor elkaar krijgt. Beiden weten nu dat ze het zullen gaan redden.

Steeds meer buren vinden hun weg naar Stephanies kookwasdienst, waardoor de inkomsten gestaag toenemen. De eerste maand zijn Stephanie en Julliet vooral druk bezig met het opbouwen van hun tuin. Julliet heeft diverse kruiden gezaaid en plant aubergines, artisjokken, paprika's, asperges en diverse andere groenten. Zodra de eerste oogsten komen, gaat zij iedere vrijdag om vijf uur 's ochtends met haar kar en Bosos naar de markt. Ze wil vroeg op de markt zijn, om op tijd een goede plek te krijgen, waarbij de marktmeester regelmatig een oogje dichtknijpt als Julliet haar kar te dicht bij de grote markstallen zet. Ze heeft de eerste weken nog weinig klanten, enerzijds omdat haar kruidenkar bij de meeste mensen onbekend is, en ten tweede omdat ze nog maar weinig producten in haar kar heeft. Ze vindt daarom dat haar kar wat meer moet opvallen tussen al de grauwe karren. Op de terugweg komt ze voorbij een verfwinkel waar ze spontaan besluit haar inkomsten van de dag te gebruiken voor de aankoop van verschillende verfpotten met opvallende kleuren. Bij de verfwinkel koopt ze van het weinige geld dat ze verdiend heeft drie kleuren verf: knalgeel, violetblauw en roze. Vroeg op de zaterdagmorgen wordt er al hard geschuurd om de oude verfresten te verwijderen, net zo lang dat alleen nog blank hout en ijzer te zien is. Daarna komt het verfwerk dat met precisie wordt aangebracht. De wielen van de kar en de buitenkant van de bak worden geel, de binnenkant van de bak verft ze violetblauw. Als de verf opgedroogd is verft ze roze wolken op de buitenkant van de bak en voor op de kar schildert ze de naam haar bedrijf "Julliets Groenten- en Kruidenkar". Stephanie vindt het resultaat overweldigend. Maar er ontbreekt nog iets. Ze gaat direct naar binnen en zet zich achter haar naaimachine. Twee uur later komt ze terug met een mooie blauwe baldakijn. Stephanie helpt haar ook een raamwerk te timmeren, waar de baldakijn aan opgehangen worden. Julliet vindt het fantastisch, en niet alleen zij, maar ook de dorpsbewoners komen nieuwsgierig voorbij om de bonte kar te bewonderen. Ze krijgt veel complimenten. Die vrijdag staat Julliet veel vroeger op dan normaal, en staat ze om kwart voor zes al op de bijna lege markt. Haar kar valt absoluut op. Diverse standhouders lopen voorbij en geven hun complimenten. Kwart voor zeven komen de eerste klanten voorbij. De bonte kleuren trekken de bezoekers aan en tot haar verrassing is ze om half tien al uitverkocht. Haar mooie kar heeft uitstekend gewerkt. De daaropvolgende weken en maanden komen er steeds meer klanten bij haar kar, waarvan velen haar nog steeds complimenteren voor de mooie kar en haar goede producten. Tot en met het einde van de zomer loopt het op rolletjes. Daarna volgt een zeer natte en koude herfst. De aarde wordt te nat, de paprika's, artisjokken en aubergines verpieteren, en de kruiden verwelken. Gelukkig hebben ze gespaard, zodat ze samen goed door de winter kunnen komen, "dachten ze". Op 15 januari 1962 staat er een heer van de belastingdienst op de stoep. Hij vertelt dat er al vier jaar geen belasting meer is betaald. Hij vraagt of hij de administratie kan doornemen. Julliet en Stephanie zoeken overal naar het kasboek van Claude. Op een plankje met gereedschappen, vinden ze een groezelig en versleten kasboek, en inderdaad, Claude had al meer dan vier jaar geen administratie bijgehouden. De vroegere pastoor hielp vele ondernemers in het dorp met hun financiën. Met zijn hulp was ieders kasboek tiptop in orde. Helaas werd de man door het bisdom overgeplaatst naar Metz. Een jonge pastor, vers van het seminarie, volgde hem op. De man had geen kaas gegeten van financiële boekhouding. Claude had daarom zijn kasboek maar terzijde gelegd. Op basis van het oude kasboek maakt de belastingmedewerker een inschatting van alle inkomsten van vier jaar. Vervolgens wil hij ook een inschatting hebben van het afgelopen jaar en het komende jaar. Julliet en Stephanie berekenen zo goed als mogelijk wat hun inkomsten van de kookwas en de kruiden waren. Met al deze gegevens rekent de belastingman uit dat ze de helft van het geld dat ze dit jaar verdiend hebben, binnen drie maanden naar de belasting moeten overmaken. Het is duidelijk dat ze dat geld niet hebben. Hij biedt hun een regeling aan, waarmee iedere maand een deel kan worden overgemaakt, zodat de schuld in een jaar is afbetaald. Julliet en Stephanie hebben tranen in hun ogen. Met hun werkzaamheden kunnen ze nooit binnen een jaar de belastingschuld bij elkaar verdienen. Ze hebben ook geld nodig voor eten, kleren, elektriciteit en hoognodige reparaties aan het huis. Julliet raakt gefrustreerd en uit overmoed schreeuwt ze de belastingman toe dat ze dankzij hem aan de bedelstaf komen. "Als jij dat wilt, dan kunnen wij het huis verkopen. Maar hoe krijgen we dan ooit nog een dak boven ons hoofd en inkomsten." Julliet noemt hem een uitzuiger, een laaghartige belastingdief, respectloze diender en nog veel meer. De man laat het koud. Hij legt stoïcijns een document op tafel met daarin de schulden en de afbetalingsmogelijkheden, en hoe ze een beroep kunnen aantekenen tegen het besluit van de belastingdienst. Daarna loopt hij rustig naar buiten, stapt in zijn auto en rijdt weg.

Julliet en Stephanie gaan het financieel niet meer redden. Ze zijn opnieuw totaal verslagen, en zien enkele geen uitweg meer. Als er geen hoop meer is, dan rest nog alleen het geloof. Stephanie gaat de volgende dag naar de pastoor om hem de financiële problemen voor te leggen. De pastoor stelt dat de kerk geen geldinstelling is. "In de bijbel staat dat Jezus, de zoon van god, volgens de bijbel zich heeft geweerd tegen de geldwisselaars van de tempel. Dit voorbeeld moeten wij navolgen. Daarom geven wij geld aan goede werken, zoals de zending. Het financieren van belastingschulden is een aardse aangelegenheid, en behoort niet tot het mandaat van de kerk". Stephanie smeekt hem, maar de pastor kan en wil niet afwijken van de Roomse regels. Na een lange en pijnlijke stilte komt de pastoor, schoorvoetend met een voorstel: "Uw 18-jarige dochter heeft nu de leeftijd om in het huwelijk te treden. Er zijn hier in de omgeving diverse Roomse jonge boeren die zeer geïnteresseerd zijn in een kordate, doortastende en intelligente vrouw. Door de goede oogsten afgelopen jaar zitten ze goed bij kas. Ik ga ervan uit dat menig boer bereid is zijn schoonmoeder financieel uit de problemen te halen, als ze daarmee de liefde van Julliet kunnen verdienen". Stephanie walgt van deze oplossing. Ze bedankt de pastoor zuinigjes voor het advies en loopt terneergeslagen naar huis, wetende dat dit eigenlijk de enige mogelijkheid is om niet in armoede te raken.

HOOFDSTUK 5:

De Familie Marconnet verhuist naar Frankrijk

Navarra is een rijke regio ten zuidwesten van de Pyreneeën, met veel vruchtbare valleien, en een mild klimaat. Honderden jaren lang is het gebied geregeerd door de kerk en rijke herenboeren. Door de burgeroorlog en de komst van dictator Franco zijn de oude machtsverhoudingen grondig gewijzigd. In Pamplona en omliggende gebieden vormen zich steeds meer gewapende milities die vechten voor de heerschappij over de Navarra-regio. Het toenemende geweld leidde onder andere tot de vernietiging van de stad Guernica door de Duits-Spaanse luchtmacht. Pedro en Isabel Marconnet besluiten Spanje met hun vier maanden oude zoon Jean te verlaten, om aan het toenemende geweld van de burgeroorlog te ontkomen. Ze vinden het belangrijk dat hun kind een betere en veiligere omgeving krijgt om op te groeien. Hun kind moet kunnen leven in een veilig land. Ze verkopen daarom al hun bezittingen, waaronder de grote zeventiende-eeuwse villa met grote landerijen die al eeuwen in het bezit zijn van de familie. Er zijn meerdere gegadigden. Uiteindelijk wordt het voor een aanzienlijk bedrag aangekocht door een vertrouweling van Franco. Op 12 oktober 1939 gaan ze met een goedgevulde beurs op pad naar een nieuw bestaan in Frankrijk. Pedro draagt een volgepakte zware rugzak. Isabel heeft een kleine rugzak met diverse babyartikelen en zij duwt Jean 's comfortabele en robuuste kinderwagen. De eerste etappe gaat vlotjes met de bus van Pamplona naar Sabinaigo, waar ze 's avonds in een klein hotelletje overnachtten. Van daaruit willen ze via kleinere binnenwegen naar het dorp Castejón de Sos, dat aan de voet van de Pyreneeën ligt. Het dorp is een kleine 100 kilometer verwijderd van Castejón de Sos. Ze zijn van plan om deze etappe betaald mee te rijden met voertuigen die in de goede richting gaan. De eerste die ze ontmoeten is een melkrijder die de volle melkbussen van de boeren naar de fabriek rijdt en weer terug. Ze klimmen in de krappe cabine, en rijden mee van boer tot boer. De laatste klant van de melkrijder ligt ongeveer 35 km van Castejón, en daarna moet hij weer terug naar de melkfabriek. Pedro betaalt de melkrijder ruimhartig voor het meerijden en vraagt of hij weet waar herberg in de buurt is. De man kent alleen het traject tussen de melkfabriek en de boerenbedrijven die op zijn weg liggen. Hij heeft geen idee wat voorbij de horizon van de laatste boer ligt. Ze nemen afscheid van de bestuurder en stellen zich op aan de kant van de weg. Er zijn nog maar weinig voertuigen onderweg. Na dertig minuten is er nog steeds geen auto die voor hen stopt. De hoop mee te kunnen rijden, neemt gestaag af. Ze besluiten langs de kant van de weg richting Castejón te lopen. Het is rustig herfstweer, niet te koud en niet te nat. Ze gaan vol goede moed verder. Waar ze niet op gerekend hebben, is tijd voor de verzorging en voeding van de kleine Jean. Na deze stop lopen ze weer verder. Een uur later heeft Isabel stekende rugpijn en de invallende duisternis komt snel. Pedro schat dat ze nog 20 tot 25 kilometer moeten lopen. Dat gaan ze deze dag niet redden. Hij stelt voor door te lopen tot de volgende boerderij en daar een slaapplaats te vragen. In dit vrij schaars bewoonde deel van Noord-Spanje liggen de boerderijen wijd uit elkaar. Moeizaam lopen ze verder, tot ze na ongeveer een uur bij een klein dorpje komen, met drie pittoreske boerderijtjes. Een wat oudere vrouw zit voor een huis te genieten van de laatste zonnestralen. Ze vragen haar of het mogelijk is te overnachten. De vrouw staat gelijk op, opent het hek voor het jonge gezin, en neemt ze mee naar één van de boerderijtjes. Ze vertelt dat dit het huis is van haar schoonouders. Ze heeft vanuit de verte al gezien dat het met hun tempo onmogelijk is de stad nog voor het donker te bereiken. Na overleg met haar schoonouders is besloten dat ze kunnen slapen op de hooizolder van de stal. De dekens liggen al klaar. Pedro en Isabel bedanken de vrouw, die Alejandra heet, zeer hartelijk. Zonder haar aanbod hadden ze het nooit gered. Alejandra neemt het jonge gezin mee naar de boerderij van haar schoonouders, die hun hartelijk welkom heten. De man toont hun de slaapplaatsen en nodigt ze daarna uit voor een voedzame maaltijd bestaande uit een mengsel van bonen, spek, aardappels en kruiden, een lokaal gerecht dat uitstekend smaakt. Daarna verschoont en voedt Isabel Jean. Pedro wast de luiers in de waskeuken en hangt ze op in de stal. Als snel vallen ze in het warme hooi in een diepe slaap. De volgende morgen nodigt de boerin de jonge familie uit aan de ontbijttafel. Ook dit is een zeer welkome verrassing. Ze gaan naar de voorkamer, waar een grote massiefhouten tafel de ruimte vult. De gehele boerenfamilie en de drie knechten hebben al plaatsgenomen. De tafel biedt nog volop ruimte voor een jong stel met een baby. Vier stoelen blijven onbezet. Op tafel staan verse broden, een schaal met spekvet, plakken ham, twee grote potten zelfgemaakte jam, en kannen met verse melk. Er wordt luidruchtig kriskras door elkaar gesproken over vele thema's. Ze krijgen flarden mee van gesprekken over de groeiende macht van dictator Franco, de toenemende Duitse oorlogsdreigingen, de vroege inval van de sneeuw en de inflatie van de peseta. Pedro en Isabel hebben grote moeite hun dialect te begrijpen. Als de maaltijd langzaam ten einde komt, worden de gesprekken rustiger en daalt het volume weer. De boer eindigt de maaltijd met een onverstaanbaar gepreveld gebed. Zodra dit afgelopen is, komt er een luid gezamenlijk "amen". Afgezien van de vrouw en de twee jongste kinderen, staat iedereen direct op om zijn werkzaamheden te beginnen. De vrouw komt bij ze zitten. Ze vertelt dat, ondanks het harde werk op de boerderij, het iedere dag een uitdaging is om te overleven. Ze redden het nog, omdat ze redelijk veel land hebben. De meeste kleinere boeren zijn al gestopt. Families die niet in staat zijn om te verhuizen naar hun familieleden in de stad, kunnen nauwelijks overleven. Daarom hebben wij hier vier boerenzonen op onze boerderij opgenomen, die met hun karige inkomen hun families kunnen voeden. Pedro en Isabel, die beiden uit een relatief kapitaalkrachtige familie komen, zijn zich niet bewust hoe groot armoede is in dit gebied. Pedro en Isabel vertellen de boerin hun plan om naar Frankrijk te emigreren, om daar een nieuw bestaan op te bouwen. Ze kijkt bedenkelijk. "Het is nog een lange reis die niet zonder gevaren is in deze tijd van het jaar. De temperaturen in de bergen gaan nu snel naar beneden. Ik raad jullie af om nu in de bergen te trekken, ook omdat de kou van de bergen niet goed voor een baby. Jullie mogen geen risico's nemen met het kind," zegt ze uitdrukkelijk. Volgens de weersverwachtingen komt de volgende week al sneeuw, en daarna gaat het waarschijnlijk ijzelen. Ze is bereid het gezin op de boerderij te laten overwinteren, zodat ze in het voorjaar veilig over de pas kunnen komen. Pedro vertelt dat ze wat geld gespaard hebben voor de tocht over de Pyreneeën, genoeg om mee te rijden met auto's, per trein of bus. Hij belooft de boerin dat ze geen enkel risico zullen nemen met hun baby. Een andere reden om nu te vertrekken zijn Franco's dictatoriaal regime, dat Pedro totaal niet vertrouwd. Hij voelt zich niet meer veilig in Spanje. De boerin begrijpt het, maar in haar hart had ze het gezin liever op de boerderij gehouden. Ze bied aan een knecht met een paard en wagen klaar te maken om het gezin naar het dorp El Pont de Suert brengen. Pedro is daar zeer dankbaar voor en geeft haar enige bankbiljetten. In eerste instantie wil ze die niet aannemen. Pedro stelt voor dat ze het geld verdeeld over de knechten. Daar kan ze mee instemmen. De bok (de bank waarop de koetsier zit) is hard. Er waait een vochtige, koude wind. Pedro en Isabel, hebben zich dik aangekleed, maar desondanks bereikt de kou hun huid. Na drie uur hobbelen op de kar bereiken ze het dorp dat aan de weg ligt naar het Franse dorp Bagnères de Luchon. Ze geven de knecht een ruimhartig bedrag van 100 peseta's voor de heen- en terugreis en nemen afscheid. Ze lopen door de hoofdstraat van het dorp en vinden al snel een hotelletje. Daar gaan ze snel naar binnen om aan de kou te ontkomen. De hoteleigenaar staat al klaar bij de deur. Hij neemt hen hartelijk in ontvangst. Helaas is het hotel zo goed als volgeboekt. De enige kamer die nog vrij is, kost 250 peseta's per nacht, een belachelijk hoge prijs voor een armetierig hotel. Ze worden door de hotelier naar hun "luxe" kamer begeleid. Het is een grote kamer, maar zowel het meubilair als de vloerbedekking zijn op de draad versleten. Het enige positieve is een kachel die de kamer goed verwarmt, en dat hebben ze op dit moment het hardste nodig. Ze besluiten de kamer te nemen. De volgende dag gebruiken ze hun hotelkamer om uit te rusten en aan te sterken. 's Avonds gaat Pedro naar de hotelier om informatie in te winnen over de reismogelijkheden naar Bagnères de Luchon in Frankrijk. Deze vertelt dat de weg naar de Spaans-Franse grens ongeveer 65 km verder is. Er is weinig verkeer in deze tijd van het jaar, ook omdat het binnenkort gaat sneeuwen. Pedro vraagt naar de mogelijkheden om met een auto of vrachtwagen mee te rijden naar Bagnères. De hoteleigenaar zucht. Hij heeft grote bedenkingen. Er zijn in deze tijd van het jaar nauwelijks voertuigen onderweg. De weg is erg slecht. Het is nu veel te gevaarlijk verder te gaan, ten eerste door de opkomende sneeuw en de kou, ten tweede omdat er volk onderweg is met "oneerbare intenties". Jullie zullen niet de enigen zijn die zonder cent op zak in Frankrijk binnenkomen. Meerderen hebben de tocht niet overleefd door geweld of bevriezing. Hij vertelt dat zijn vriend, Monsieur Giron, een goede vrachtwagen heeft. Iedere twee weken rijdt hij met de vrachtwagen naar boven om levensmiddelen en huishoudelijke artikelen te verkopen in de gehuchten en dorpjes aan de weg. Hij neemt normaal nooit andere mensen mee, maar is erg gesteld op het verdienen van geld. Hij heeft dat hard nodig om zijn grote familie te kunnen voeden. Hij belooft dat hij vanavond nog naar hem toe gaat om te checken wanneer zijn volgende tour is, en wat de prijzen zijn. Aan het einde van de volgende dag komt Monsieur Giron in het hotel. Helaas is de komende ronde naar Bagnères al volgeboekt. In drie weken kan hij ze meenemen. De reis kost 3000 peseta's: 1000 peseta's per persoon. Pedro en Isabel weten dat ze bedrogen worden. De waard krijgt drie weken lang een goed inkomen voor hun hotelovernachtingen en het eten, en Monsieur Giron, krijgt zijn vorstelijke beloning. Hoewel, zoals de waard het vertelt, kan dit ook de enige optie zijn. De volgende ochtend loopt Pedro door het dorp om te onderzoeken welke andere reis-alternatieven mogelijk zijn. Het valt hem op dat er nauwelijks voertuigen op straat zijn in het zo goed als uitgestorven dorp. In een klein steegje ontdekt hij een geopende bar. Een jong vrouw poetst de vloer, voor de rest is het leeg. Hij verontschuldigt zich, en vertelt dat hij op zoek is naar iemand die zijn vrouw, de baby en hemzelf naar Bagnères kan brengen. De vrouw denkt lang na en komt na enige tijd met een voorstel. "Mijn broer werkt als chauffeur bij de bakkerij. Hij rijdt iedere dag door het dorp en de omliggende gehuchten om brood en gebak te verkopen. Hij mag van zijn baas de auto ook privé gebruiken. "Ik zal hem vragen of hij tijd heeft," zegt de vrouw. De volgende morgen staat de deur van de bar weer open en daarbinnen is dezelfde vrouw weer hard aan het werk. Als ze Pedro ziet, gaat ze gelijk naar hem toe. Ze heeft goed nieuws. "Als jullie morgenmiddag om vier uur hier zijn, dan brengt hij jullie naar Bagnères. De prijs is 1000 Peseta's." Dat is nog steeds een aanzienlijke som geld, maar veel goedkoper dan het aanbod van het hotel. Het spaart hen ook veel geld voor het belachelijk dure hotel. Die woensdag om 16.00 checken ze uit bij de hotelier die perplex is over het plotselinge vertrek. Hij vraagt naar de reden. Pedro's antwoord is kort en bondig: "Wij hebben een goedkoper onderdak gevonden." De hotelier is niet blij met dit antwoord, maar hij heeft geen keuze. Hij moet ze laten gaan. Ze wandelen met hun bagage naar de bar, waar de vrouw al klaar staat om hen naar de auto van haar broer te brengen. Een paar straten verder horen ze het geronk van een auto en even later staan ze voor een gloednieuwe kleine Fiat Topolino. De auto is al voorverwarmd. Snel stapt Isabel voorin met Jean op schoot. Pedro laadt de bagage en de kinderwagen in en kruipt vervolgens op de achterbank. Ze gaan op weg. Tot hun verrassing is de weg breed en goed onder-houden. Er is behoorlijk wat verkeer onderweg. Geregeld komen er sneeuwschuivers voorbij die de weg continu sneeuwvrij houden. Pedro en Isabel zijn nog steeds per-plex over het grove bedrog van de hotelier. Een dik uur later uur komen ze in de buurt van grens. De chauffeur stopt bij een parkeerplaats. Hij opent de achterbak en vraagt aan Pedro zich achter de bagage te verstoppen. Pedro vouwt zich zo goed als hij kan op, achter hun spul-len. De chauffeur legt een aantal dekens over Pedro, en daarna vervolgen ze weer hun weg. Als ze in de buurt van de grens komen zien ze veel grenswachten en solda-ten. Isabel vraagt wat er aan de hand is. De chauffeur vertelt dat dit een grote smokkelroute is tussen Frankrijk en Spanje. Daarnaast wordt ook gezocht naar deserte-rende soldaten en huurlingen van het Spaanse leger. "Maak je geen zorgen," zegt hij. "Ik rijd hier geregeld. De douaniers kennen mij." Hij zal ze verassen door "zijn vrouw en hun baby" aan ze voor te stellen. Hij verwacht dat ze gladjes over de grens komen. Even later zien ze hekken, slagbomen en heel veel douaniers. Ze sluiten aan in een lange rij van auto's. Het wordt spannend voor Isabel en Pedro. Als het niet lukt, dan is hun droom om hun kind te laten opgroeien zonder geweld en oorlog voorbij. Stapje voor stapje komt de grens dichterbij. Isabel ziet dat douaniers bij verschillende auto's vragen om de bagage uit te pakken. Het zweet parelt op Isabels voorhoofd en ook Pedro's temperatuur gaat gestaag omhoog. Nog één auto en dan zijn ze aan de beurt. Ze rijden langzaam naar de slagboom. De chauffeur draait rustig het venster open en zegt dat ze op familiebezoek gaan bij hun zwager in Bagnères. De grenswacht ziet een harmonieus jong stel met een baby. De chauffeur vertelt dat hij voor de verandering zijn vrouw en kind dit keer meegenomen hebben. De douanier gelooft hem gelijk en geeft een teken dat hij door kan rijden. Pedro is bijna gestorven van angst in de achterbak. Buiten het zicht van de grens nemen ze een kleine pauze om weer wat adem te komen. Daarna rijden ze door naar het wintersportdorp Bagnères. De chauffeur stopt voor een betaalbaar hotel in de buurt van het station. Ze hebben het gered. Vanaf dit dorp zullen ze verder per trein gaan naar het lagere en vruchtbare deel van de Pyreneeën. Maar eerst moeten ze wat bijkomen. De stress van de grensovergang zit nog behoorlijk in hun lijf, en daarom besluiten ze eerst maar een korte wandeling door het dorp te maken, om vervolgens vroeg in bed te gaan. Pedro's vader heeft een lijst gemaakt van zijn kennissen en vrienden in Frankrijk. Meerderen hebben al een nieuw agrarisch bestaan in Frankrijk opgebouwd. Pedro wil weten hoe ze dat geregeld hebben, en hij wil ook leren van hun ervaringen. En natuurlijk wil hij ook weten waar boerderijen te koop zijn. De volgende ochtend vroeg, als Isabel en Juan nog diep in slaap zijn, begint Pedro de namen op de lijst één voor één op te bellen. Hij heeft de hele ochtend gebeld, maar niet één van hen heeft een idee hoe Pedro aan Franse landbouwgrond kan komen. Met het nieuwe Vichy-bewind in Zuid-Frankrijk mag landbouwgrond alleen verkocht worden aan mensen met een Franse nationaliteit. De nieuwe wetgeving heeft daarbij ook nog de eis dat men minstens twintig jaar in Frankrijk gewoond moet hebben. Kortom, voor Pedro is het onmogelijk om land te kopen of te pachten. Pedro wil de moed nog niet opgeven en daarom belt hij de komende uren menig kennis van zijn vader. Het bericht blijft hetzelfde: een Spanjaard kan geen Franse boer worden. Compleet gedesillusioneerd neemt hij een pauze aan de bar van het hotel. Hij raakt in gesprek met de barman. Ook hij bevestigt dat het zeer lastig is landbouwgrond te kopen. In Frankrijk wordt land voornamelijk via landbouwbedrijfsmakelaars verkocht. Dit zijn bedrijven die niets anders doen dan bemiddelen tussen boeren die hun bedrijf willen stoppen en jonge boeren die een nieuw bestaan willen opbouwen. De rest van de ochtend en de hele middag is Pedro druk bezig met het leggen van kontakten met landbouwmakelaars uit verschillende "Regions". Diverse makelaars bevestigen in gebroken Frans, dat de landbouwgronden in Frankrijk in bezit moet blijven van Fransen. Pedro zet door, ondanks steeds hoger oplopende telefoonkosten. Bij een makelaar in Cazères sur Garonne, krijgt hij gehoor. De telefoon wordt in het Frans opgenomen, maar de makelaar blijkt ook behoorlijk goed Spaans te spreken, wat Pedro zeer bevalt. De man vertelt dat er een kavel van 18 hectare landbouwgrond te koop is. "Het land staat al bijna tien jaar braak. Op de kavel staan een vervallen boerderij en enkele schuren. Het gehele perceel is overwoekerd, en op vele plaatsen groeien verwilderde bomen, waarvan sommige al een redelijke hoogte bereikt hebben. Tot op heden heeft niemand zich voor dit land interesseert. De burgemeester van Cazères, een goede vriend van hem, is bereid het land te verkopen aan niet Fransen. De Region Midi Pyrenees zal blij zijn als Pedro hier zijn bedrijf kan opbouwen. En er is sowieso geen enkele Fransman bereid de prijs te betalen van 10.000 Franc. "Niemand zal zich beklagen als Pedro het wil kopen voor deze prijs." 10.000 Franc is veel te veel geld voor een vrij klein perceel vervallen land. Ze hebben genoeg geld, en weten dat ze nauwelijks alternatieven kunnen vinden in Frankrijk. Ze maken een afspraak met de makelaar over vier dagen, op een vrijdagmorgen, om rond tien uur het land te bekijken. Ze besluiten om de komende dagen vakantie te houden in het hotel en te genieten van de schitterende besneeuwde berglandschappen.

Vrijdagmorgen staat het gezin al heel vroeg op. Ze pakken hun rugzak en de kinderwagen met baby Jean. En gaan veel te vroeg naar het koude station. Ze zijn nerveus en gespannen wat hun te wachten staat. Na een uur in de kou gestaan te hebben met de huilende baby Jean stopt de trein op het perron. Zodra de deuren geopend zijn en de mensen zijn uitgestapt, zoeken ze een warme plaats op, ver van de deur. De trein vertrekt op tijd en binnen twee uur bereiken ze het station van Gazeres sür Garonne. Nerveus stappen ze uit, op zoek naar de makelaar. Ze hebben geen idee hoe hij eruitziet en waar hij woont. Daarom spreekt Isabel verschillende mensen aan met haar zeer gebrekkige Frans. De mensen begrijpen haar niet, en lopen snel weer verder. Na een half uur hebben ze nog steeds niemand gevonden die hen kan helpen en er ontstaat een lichte paniek. Plotseling staat er ineens een jonge vrouw voor hun die zich in perfect Spaans voorstelt als Susanne. Ze zijn aangenaam verrast. In het Spaans vraagt ze of zij de geïnteresseerden zijn voor de aankoop van een landbouwobject. Isabel en Pedro bevestigen dat ze inderdaad interesse hebben. Samen lopen zij naar het kantoor. Susanne vertelt onderweg dat zij de dochter van de makelaar is. Haar moeder komt uit Madrid, en van haar moeder heeft zij haar Spaans geleerd. Vandaar dat zij als tolk kan optreden. Dit is een hele opluchting voor Pedro en Isabel. Met Pedro's roestige Frans was het zeer lastig geweest elkaar enigszins te begrijpen bij de onderhandelingen. Hij is zeer opgelucht met de aanwezigheid van Isabel. Samen lopen ze naar het centrum van het stadje, waar de makelaar een statig huis met kantoor heeft aan de Place Lafayettte in Gazères, een plein met statige, oude herenhuizen. Ze worden hartelijk ontvangen door de makelaar en naar zijn riante kantoor geleid. Zijn vrouw brengt warme koffie en een korf met kleine, warme baguettes. De baby Jean is in de trein goed doorvoed, en slaapt door de aangename warmte als een roos. De makelaar heeft een landkaart voor zich, waarop het perceel staat aangegeven; een langgerekte strook land waar een kleine beek door loopt, omgeven door bospercelen. Hij begint in het Frans te praten en alles wordt door zijn dochter vertaald in het Spaans. De eigenaars van het land, een paar dat altijd kinderloos geweest is, is in 1934 gestopt met het bedrijf. Het boerenwerk werd hen te zwaar, en de boerderij is veel te groot voor een boerenpaar op leeftijd. In de winter tocht het er en in de zomer kan het stikheet zijn. Ze lieten een klein houten huisje bouwen in de beschutting van het bos en met uitzicht op de Pyreneeën. Naast het huisje hebben ze een moestuin aangelegd. Verder hebben zij zich niet meer bekommerd om de rest van het land en de boerderij. Vorige winter is de vrouw plotseling gestorven. Haar man heeft wekenlang getreurd. Aan het begin van de lente heeft men hem dood gevonden in zijn stoel. De lijkschouwer gaat ervan uit dat hij daar zeker een maand zo heeft gezeten. "Volgens de buren rust er een vloek op de boerderij en het land. Sommige mensen geloven dat deze vloek verantwoordelijk is voor hun kinderloosheid. Volgens mij is het bijgeloof." Met een glimlach zegt hij dat die kinderloosheid geen thema meer is, als zij het object kopen.

Nadat alle details doorgenomen zijn, wordt een overdadige lunch geserveerd. Als ze uitgegeten zijn neemt de makelaar de jonge familie en Susanne als tolk mee met zijn luxe zwarte Ford Super Deluxe V8 naar het "landbouwobject" Rustig rijdt de makelaar over de smalle en slecht onderhouden wegen naar het dorpje Saint-Christaud. Ondanks dat het boerenbedrijf slechts 6 km van Gazères verwijderd is, kost het nog een klein half uur om het perceel te bereiken. De Ford slaat zich moedig door de vegetatie, maar het laatste stuk moeten ze lopen omdat de weg volledig overwoekerd is. Al lopend ontdekken ze de vervallen boerderij. Het rieten dak is voor een grootdeel in beslag genomen door allerlei soorten vegetatie. Op diverse plaatsen in het dak zijn gaten te zien. In veel vensters ontbreekt het glas. Aan de zuidzijde van het gebouw zijn zelfs stukken van het lemen muurwerk ingestort. Het natte donkere weer draagt nog extra bij aan de triestheid en geeft een onaangenaam gevoel. Pedro en Isabel kijken elkaar zeer teleurgesteld aan. Ze hadden niet verwacht dat de toestand van het huis zo desastreus is.

Vervolgens neemt de makelaar ze mee naar de twee schuren. Beide schuren staan grotendeels leeg. De gebouwen zijn duidelijk veel later gebouwd dan de boerderij. De muren zijn gemaakt van robuust gemetselde veldkeien. De daken zijn solide en waterdicht. In beide schuren ligt veel afval, en de zwarte plekken op de vloer tonen aan dat diverse mensen, waarschijnlijk zwervers, de gebouwen gebruikt hebben als schuilplaats of winterverblijf. De toestand van de schuren is voor Pedro een meevaller. Er is iets van te maken. De makelaar toont het huisje waar het boerenpaar gewoond heeft. Het is klein, donker en tochtig, maar het dak, de muren en de vensters zijn nog in redelijke staat. Nóg een meevaller. Vervolgens loopt de makelaar met ze over de landbouwpercelen. Het land is te lang niet bewerkt. Waar ooit weiden en graanvelden waren, groeien nu verschillende typen bomen, waarbij de berken het meest dominant zijn. Het zal nog veel werk kosten om hiervan weer goede landbouwgrond te maken. Gewapend met een oude spade uit de schuur gaat Pedro het land inspecteren. Iedere 50 meter graaft hij een gat om de kwaliteit van het land vast te stellen. De bodem bevat weinig stenen. De grond is een mengsel van veen, leem en zand, de ideale samenstelling voor granen, peulvruchten en diverse soorten groente. Hij verwacht zeer goede oogsten. Pedro voelt zich alsof hij de hoofdprijs in een loterij heeft gewonnen. Deze vondst houdt hij voor zichzelf. Hij loopt terug naar de makelaar en Susanne, en vraagt haar om zijn bevindingen over het land te vertalen voor haar vader. Ondanks zijn euforische gevoelens over de hoge kwaliteit van het land, doet hij zijn uiterste best een teleurgestelde indruk te geven. Hij meldt emotieloos zijn bevindingen. "Er moet ontzettend veel gebeuren aan het land. Ten eerste moet het geschoond worden, waarvoor veel tijd en zware arbeid nodig is. De grond is drassig door de slechte afwatering. Er moeten daarom nieuwe afwateringskanalen komen. Het merendeel van het land heeft een schrale, zandige leembodem, wat redelijk bruikbaar is voor granen, maar niet geschikt voor hoogwaardige gewassen." De makelaar stemt hierin toe, wat Pedro verbaast. Blijkbaar heeft de man totaal geen kaas gegeten van landbouw. Zwijgend rijden ze terug naar het kantoor, waar opnieuw weer smakelijke gerechten geserveerd worden. Pedro geeft nog eens een verslag van zijn bevindingen, waarbij Susanne weer als tolk optreedt. Voor de tweede keer beaamt de makelaar dat Pedro niet te veel mag verwachten van het land. Pedro vindt daarom dat 10.000 franc echt te veel geld is. 6.000 franc zou onder normale omstandigheden nog te veel zijn. Hij is bereid 8.000 franc te betalen. De makelaar neemt de telefoon en belt de curator, die in opdracht van de gemeente handelt. Er wordt hard onderhandeld, en ze komen uit op 8.500 franc. De makelaar geeft zijn assistent de opdracht het contract op te stellen in het Frans en het Spaans, waarbij zijn dochter helpt de Spaanse versie te maken. Terwijl de assistent en Susanne samen de contracten opstellen, haalt de makelaar een grote fles cognac en drie glazen op zijn bureau uit zijn bureau om het contract af te zegelen. Als de inkt van het contract droog is, worden de handtekeningen gezet en nog goed glas cognac genomen (maar niet door Isabel). Om de transactie compleet te maken moet het geld binnen een week op de rekening van de makelaar staan. De makelaar boekt een kamer voor de jonge familie in het dorpshotel, geeft hun het adres van de lokale bank en wenst ze een goede avond. De volgende dag wisselt Pedro al zijn peseta's in francs en betaalt 8.500 franc. Twee dagen later heeft de notaris alle eigendomspapieren opgesteld. Ze hebben een boerderij!! De notaris nodigt de familie uit om in een goed restaurant te vieren dat de transactie geslaagd is. Die avond wordt veel gedronken, gegeten, gelachen en het wordt laat. Om twee 's nachts nemen ze afscheid, waarna Pedro moeite heeft om zijn stabiliteit te bewaren, waardoor de aankomst bij het hotel nog later wordt.

De volgende dag gaan ze op zoek naar landbouwmachines en ander materiaal dat ze op de boerderij kunnen gebruiken. Ze vragen Susanne om mee te gaan voor de vertaling. Susanne doet dit graag. Als eerste vraagt ze aan de hoteleigenaar naar bedrijven die tweedehands landbouwvoertuigen verkopen. De man kent maar één bedrijf in deze omgeving, in het dorp Martres-Tolosane. Het dorp is maar één halte per trein verwijderd van Gazères. Het jonge gezin en Susanna gaan naar het station, kopen de kaartjes en stijgen vervolgens in de trein, om vijftien minuten later op het station van Martres aan te komen. Een vriendelijke man op het terras voor het station helpt Susanna de weg te vinden naar het landbouwmachinebedrijf. Al lopend zien ze vrij snel een oud, groot en vervallen fabrieksgebouw opdoemen. De grote oude fabrieksdeuren staan al open om de kopers te verwekomen. Binnengekomen ziet het eruit als een grote schrootplaats. Er hangt een zware lucht in het gebouw; een mengsel van ranzige olie, brandstoffen, schimmel en vocht. Na enige tijd komt er een man in een groezelig blauwe overal naar hen toe gesjokt. Susanna spreekt de man aan, maar hij geeft weinig respons, anders dan een uitermate onnozele blik. Daarom gaan ze op eigen houtje door de verschillende ruimtes, zoekend naar bruikbaar materiaal. Er staan diverse roestige tractoren opgesteld. Pedro roept de man en gebaart hem dat hij interesse heeft in een tractor. De man trekt een notieblok uit zijn overall. Pedro schrijft in het notieblok "Francs?". De man schrijft de prijzen van de vijf uitgestalde tractoren. Deze prijzen vallen Pedro mee. Pedro is vooral geïnteresseerd in een nog goed uitziende Vierzon tractor. In het notieblok verschijnt het getal 2.000. Pedro gebaart dat hij een stukje wil rijden. De man gebaart dat dat goed is. Met een brander worden de gloeipluggen opgewarmd, daarna worden de kleppen gelicht en vervolgens zwengelt Pedro de motor aan met de slinger. De machine komt met veel lawaai en rook tot leven. De kleppen worden na enige minuten weer teruggelegd, waardoor de rook wat minder wordt. De zware dieselmotor loopt na enige tijd gelijkmatig. Pedro is tevreden met wat hij ziet en hoort. Hij wil een proefrit maken en vraagt Susanna om dit te bespreken. De man is zeer kort van woord. Susanna vertaalt dat er een proefrit gemaakt kan worden. Pedro bestijgt de tractor, de verkoper maakt een grote deur open en de proefrit begint. Al snel is hij uit het zicht verdwenen, waarbij de tractor nog voldoende geluid maakt om hem te traceren. Als hij terug is, wil Pedro nog een monster van de motorolie zien. Susanna vertaalt het en de verkoper laat wat olie in een glas lopen. Er is weinig bezinksel in de olie. Pedro schudt de verkoper de hand om aan te geven dat hij besloten heeft de tractor te kopen. Ze hebben nog veel meer landbouwwerktuigen nodig, en ook een grote aanhanger om alles te transporteren naar de boerderij. Met de vertaalhulp van Susanna lukt het vele Spaanse woorden van Pedro naar het Frans te vertalen. Het loopt echter volledig spaak bij diverse gereedschappen, waarvan Susanna geen idee heeft wat en waarvoor het is. Met combinatie van gebarentaal en een gebrekkige vertaling lukt het ze de juiste spullen te krijgen. Uiteindelijk staat er een compleet pakket van machines en werktuigen zoals een ploeg, een eg, een maaier, een kleine silo, een watertank, en daarnaast nog veel handgereedschappen. Er wordt lang onderhandeld over de totale prijs en de verkoper is blij als na twintig minuten de prijs van 4.000 franc met een handslag wordt bevestigd. Hij kijkt nog eens rond in het gebouw om te checken of hij niets vergeten heeft. In een hoek van het gebouw vindt Pedro nog een aantal rollen roestig prikkeldraad die de verkoper hem schenkt. Pedro trekt zijn dikke portefeuille en betaalt. Om de transactie compleet te maken haalt de verkoper een fles goede champagne en vier glazen. Als de fles leeg is, koppelt Pedro de aanhanger aan de tractor, en laadt hem met een kraan vol met zijn aankopen. De hoog opgeladen aanhangwagen kraakt onder zijn last. Als laatste helpt Pedro Isabel en baby Jean in de cabine. De tractor wordt gestart, waarbij de kleine Jean schrikt van het harde geluid van de motor. Het kost Isabel heel veel moeite het kind te kalmeren. Als de kleine Jean weer langzaam in doezelt, nemen ze afscheid van Susanna en de verkoper en vervolgen ze hun reis naar hun boerderij. Met de zwaar beladen aanhanger komen ze maar langzaam vooruit, en echt comfortabel is het niet in de cabine. Het is er warm, luid er hangt een geur van olie en rook. Op de weg naar Gazères kunnen ze niet sneller dan ongeveer 6 km per uur. Al snel vormt zich achter hen een rij voertuigen. Uit ergernis krijgen vele chauffeurs de aandrang om hun toeters te gebruiken, wat compleet zinloos is. Na meer dan een uur komen ze aan in Gazères. Bij het tankstation wordt de tank van de trekker gevuld met zware diesel. In het dorp maken ze nog een stop bij een gereedschapswinkel, en bij een kruidenier waar ze een heel areaal aan lang-houdbare levensmiddelen kopen. Bij beide winkels was de weg compleet geblokkeerd met de trekker en aanhanger, wat het winkelend publiek behoorlijk irriteerde. Volgepakt trekken ze verder over smalle, slecht geplaveide wegen naar Saint Christaud, en van daaruit via nog slechtere wegen naar hun agrarische domicilie. Bij de laatste etappe moeten ze voor hun nieuw gekochte spullen de weg vrijmaken voor tegenliggers. Eind van de middag komen ze aan bij hun boerderij. De circa 10 km lange tocht heeft meer dan vijf uur geduurd. Ze zijn uitgeput en voelen hun magen knorren. Isabel trekt direct met baby Jean naar het kleine huisje. Even later brengt Pedro de bagage en de levensmiddelen. Isabel gaat vervolgens aan de slag om er een enigszins schoon en leefbare plek van te maken.

De eerste maanden zijn hard. Ze hebben nauwelijks inkomsten. Pedro maakte werkdagen van minstens tien uur per dag, zeven dagen per week, om het land weer bruikbaar te maken, omheiningen te bouwen, prikkeldraad aan te brengen, de schuren te repareren, en om het huisje met de moestuin op te knappen. Het is een zware tijd voor het jonge gezin, maar het vooruitzicht op een goed rendabel landbouwbedrijf houdt hen op de been. April 1941 kan het zaaigoed voor het eerst worden uitgereden op de akkers, en eind augustus levert het een rijkelijke oogst op. 1941 is ook het jaar waarin het oorlogsgeweld daverde in Europa. De Blitzkrieg van Nazi-Duitsland vernietigde niet alleen het leven van vele burgers, maar ook van veel vruchtbare gronden. Een groot deel van de Duitse mannen worden onder de wapenen gezet, of te werk gesteld bij de oorlogsindustrie. Dit leidt tot krapte aan personeel in andere sectoren wat vervolgens weer leidt tot stijgende prijzen van levensmiddelen. Het jaar 1941 wordt een financieel topjaar voor Pedro en Julliet. Na de winter neemt Pedro twee knechten en een klusjesman in dienst. Stefan, de klusjesman, is een ervaren en krachtige man van rond de dertig. Zijn taak is voornamelijk het onderhoud en reparatie van de landbouwapparaten en het renoveren van de boerderij. Stefan is ongetrouwd en heeft geen vaste verblijfplaats. Pedro biedt hem aan een kleine woning in één van de schuren te bouwen. Dit aanbod neemt hij met beide handen aan. De beide knechten komen uit het dorp Saint-Christaud en zijn nog geen twintig jaar oud. Ze werken hard en worden behoorlijk goed beloond. Vanaf het moment dat Pedro samenwerkt met zijn personeel gaat zijn kennis van de Franse taal met sprongen vooruit. Via zijn medewerkers komt Pedro in contact met de smid Claude uit Saint-Christaud, een zeer vakkundige smid die in staat is ieder landbouwapparaat te repareren

Terwijl het oorlogsgeweld in Europa steeds verder oplaait, is het Franse Vichy-gebied (waar Saint-Christaud in ligt) geschoond van oorlogshandelingen. Nazi-Duitsland heeft een Franse "marionettenregering" aangesteld, die rechtstreeks rapporteert aan het naziregime. Vichy is daardoor veel minder getroffen door het oorlogsgeweld dan andere delen van Frankrijk. De beëindiging van de Tweede Wereldoorlog wordt door de meeste dorpsbewoners daarom ook nauwelijks gemerkt. Het leven gaat verder zoals het voorheen was. In heel Europa heeft de oorlog grote sporen achtergelaten. Vele steden zijn compleet verwoest. De infrastructuur van de treinen en wegen functioneert nog heel gebrekkig. Er is voedselgebrek, en de levensmiddelen die in het zuiden van Frankrijk geproduceerd worden, vinden gretig aftrek in vele landen. In de herfst van 1945 verhuist de familie naar de gerenoveerde boerderij. Hoewel de inrichting nog erg karig is, voelt de familie zich thuis in hun boerderij. Er is veel ruimte, de kachels geven een aangename warmte, en de kleine Jean heeft voldoende ruimte om door het huis te kruipen. In de winter maken zij het zich gemoedelijk. Er wordt veel gelezen en het kaarslicht geeft een romantische atmosfeer. In november komt er sneeuw. Jean vermaakt zich kostelijk met sneeuwballen en Pedro bouwt een echt sneeuwkasteel voor Jean, waar ze urenlang in spelen. Daarna komen de lange donkere kerstdagen. Pedro en Isabel zijn niet streng opgevoed in de roomse leer, en hebben al vele jaren geen kerk meer van de binnenkant gezien. De kerstdienst zien ze als een uitgelezen kans de dorpsbewoners een beetje beter te leren kennen. Eerste kerstdag lopen zij stevig ingepakt door de hoge sneeuw naar de kerk in Saint-Christaud. De nieuwsgierige dorpsbewoners begroeten hen hartelijk voordat ze de kerk betreden. Aan het einde van de dienst bedankt de pastoor Pedro en Isabel om samen met de andere gemeenteleden aan de kerstliturgie deelgenomen te hebben. Als ze de kerk verlaten, wensen vele bewoners elkaar een mooie kersttijd, en velen stellen zich voor aan Pedro en Isabel en nodigen ze uit om langs te komen.

De kersttijd gaat voorbij en al snel wordt het 1946. De dagen worden langer. De vorst gaat langzaam uit de grond, en het wordt tijd om het land te bewerken. Op 2 maart 1946 zijn Pedro en de twee knechten hard aan de slag om het land te bewerken. Aan het eind van de morgen rijdt de trekker op een grote steen, waardoor een stabilisatiestang bij het rechter voorwiel zwaar beschadigd wordt. Stefan bouwt de stang uit, en wil hem naar de smid brengen. Er is nog veel te doen op het land, en daarom roept hij Isabel. Hij toont haar de stang, en vertelt wat er gerepareerd moet worden. Ze heeft tijd en gaat direct op weg naar de smid Claude. Als ze hard doorloopt is ze er in twintig minuten. De zon schijnt nog volop als ze op weg gaat. Bij de smederij aangekomen, vraagt zij hem of hij de stabilisatiestang kan repareren. De smid bekijkt de stang van alle kan-ten. Hij constateert dat door de verbuiging van de stang er een scheurtje in het metaal is gekomen. De kans is groot dat de stang kan afbreken, en dat kan nog veel meer schade teweeg brengen. Het is noodzakelijk dat er een nieuwe gemaakt moet worden. Hij stelt voor gelijk aan de slag te gaan. Hij heeft er ongeveer twee uur voor nodig om een nieuwe stang te smeden. Isabel stemt daarmee in, en de smid stookt direct het vuur op. Om de tijd te doden gaat Isabel gaat naar Stephanie, de vrouw van de smid. Ze zijn druk in gesprek en vul-len de tijd die de smid nodig heeft met het uitwisselen van de roddels in het dorp. Twee-en-een-half uur later staat Claude trots met een stuk glimmend metaal in de kleine huiskamer naast de smederij. Geen van drieën hebben de snelle omslag van het weer bemerkt. Als ze vertrekt, wordt de lucht snel donkerder. Ze loopt stug door. Binnen enkele minuten ontstaat er een gigantische wolkbreuk. Het koude water stort met bakken tegelijk op de aarde. Er is een koude wind die steeds meer toe neemt tot storm met orkaankracht. Het water stroomt met grote hoeveelheden over de paden en wegen, waarbij het onderscheid tussen weg en water niet meer te zien is. Isabel kan zich daardoor niet meer goed oriënteren. Er is nergens een schuilplaats te ontdekken en daarom moet ze verder. Op haar gevoel loopt ze verder, niet merkende dat ze volledig afdwaalt van de weg. Haar kleding is ondertussen doordrenkt van de regen en ze is al snel tot op de huid kletsnat. Ze loop snel verder om voor het donker thuis te zijn. Als ze na een half uur de boerderij nog steeds niet in blik heeft, krijgt ze paniek. Ze loopt weer stug door, bevend van de kou. Het wordt steeds donkerder. Op de grens van uitputting ziet ze in de verte een lichtpunt. Ze strompelt er heen en klopt op de deur die snel geopend wordt. De smid en zijn vrouw zijn stomverbaasd Isabel weer te zien, kletsnat en rillend van de kou. Ze staat op het punt haar bewustzijn te verliezen. Stephanie en Claude trekken haar snel naar binnen. Claude steekt het vuur van de smidse aan om zo snel mogelijk veel warmte te genereren en Stephanie werpt een deken om Isabel.

Op de boerderij merken Pedro en zijn medewerkers aan het eind van de middag dat het weer zeer snel begint om te slaan. Als Isabel om half zes nog niet thuis is, wordt Pedro erg ongerust. Kort daarna komen de eerste grote stortbuien op de boerderij en vervolgens komen er zeer zware onweersbuien, die zo donker zijn dat er geen zonlicht meer te zien is. Alle kanten schieten de bliksemschichten naar beneden. De temperatuur daalt snel. Het wordt koud. Urenlang wordt de boerderij geteisterd door een enorme stortvloed van regen en hagel en zware donderslagen. Pedro hoopt dat Isabel een schuilplaats gevonden heeft bij de smid of bij een van de boerderijen.

De volgende morgen, om zes uur 's morgens, wordt er luid op de deur van de boerderij geklopt. Voor de deur staat Stephanie. Pedro is verbaasd de vrouw van de smid te zien. Stephanie vertelt met korte bewoordingen dat Isabel in de smederij is, en dat ze zwaar onderkoeld geraakt is en een zeer hoge koorts heeft. Pedro haalt een knecht uit zijn slaap en beveelt hem voor het kind te zorgen. Zijn vrouw is erg ziek, en hij weet nog niet wanneer hij terug is. Hij en zijn vrouw blijven waarschijnlijk enige dagen bij de smid Claude. De knecht krijgt de verantwoordelijkheid voor de boerderij. Pedro trekt zijn jas aan en loopt samen met Stephanie met grote stappen door het donker. Pedro schrikt als hij Isabel op een matras ziet in de warme smederij, toegedekt door meerdere dekens. Ze is lijkbleek, heeft moeite met ademen en haar hele lichaam beeft. Ze vecht voor haar leven. Stephanie vertelt dat ze Isabel gisterenavond voor hun deur gevonden hebben. Ze heeft de dokter direct geprobeerd te bellen maar alle telefoonlijnen waren dood. Vanochtend om zeven uur was telefooncontact weer mogelijk en heeft ze direct de arts gebeld. Hij is al onderweg en hij kan er ieder moment zijn. Nog geen kwartier later staat de arts voor de deur. Hij gaat direct naar de patiënt, opent zijn koffer, start het medisch onderzoek. Uit zijn blikken is af te lezen dat ook hij ongerust is over de toestand van Isabel. Als zijn diagnose is opgesteld, vertelt hij dat het een wonder is dat Isabel nog leeft. Ze heeft meerdere uren door de koude regen gelopen. Door te blijven lopen, produceren de spieren warmte, en dat heeft ertoe geleid dat ze de smederij heeft kunnen bereiken. Dat neemt niet weg dat hier sprake is van een zeer ernstige onderkoeling. Alle symptomen duiden erop dat haar lichaamstemperatuur langere tijd onderkoeld geweest is. Zij heeft waarschijnlijk minstens een uur rondgedoold met een lichaamstemperatuur tussen de 33 en 35 graden. De symptomen daarvan zijn de grote pupillen en spierstijfheid. Haar temperatuur is op dit moment 38 graden. Hij verwacht dat binnen een paar uur de temperatuur kan oplopen tot een hoge koorts. In deze toestand is dat levensbedreigend. Hij haalt een potje tabletten uit zijn tas. "Deze tabletten moet zij nemen als de temperatuur boven de 39 graden komt". Eén tablet per keer. Zodra de temperatuur weer stijgt, mag ze een nieuwe tablet nemen, mits er een periode van minimaal een uur ligt tussen de vorige tablet." De arts neemt afscheid. Als de situatie zich wijzigt, kunnen zij altijd zijn assistente bellen, en die geeft hun het nummer. Pedro vraagt met tranen in zijn ogen aan Claude of hij bij Isabel mag blijven. Claude vindt dat natuurlijk goed en stelt voor om wat kleding en slaapspullen voor hem te halen, zodat hij continu bij Isabel kan zijn. Pedro waardeert dit zeer. Claude neemt een grote koffer, en vertrekt naar Pedro 's boerderij. Julliet en Pedro houden samen de wacht bij Isabel. Af en toe komt ze een beetje bij haar positieven, waarbij ze wazig om zich heen kijkt, om daarna weer weg te zakken. Ze meten geregeld haar temperatuur, die langzaam begint te stijgen. Na een klein uur is de grens van 39 graden bij Isabel bereikt. Ze krijgt haar eerste tablet toegediend, en dan daalt haar temperatuur daadwerkelijk met meer dan een graad. Haar huid begint steeds grauwer te worden. Claude komt vrij snel terug met een koffer gevuld met nachtkleding, onderkleding, en andere spullen die mogelijk van pas kunnen komen. Hij zet de koffer naast het bed, en het valt hem gelijk op dat er iets veranderd is bij Isabel. Hij heeft de indruk dat ze veel meer afwezig is en nauwelijks nog contact maakt. Ze kijkt niet helder uit haar ogen. 's Avonds wordt de dokter nog eens gebeld, en binnen een half uur staat hij voor de smederij. De arts voelt de pols van Isabel, meet de lichaamstemperatuur en test de pupilreflex. Bedroefd kijkt hij op en vertelt dat de overlevingskans nihil is. Het kan een dag en nacht worden en mogelijk komen er meerdere lange dagen en nachten. Pedro, Claude en Stefanie besluiten elkaar ieder twee uur af te wisselen. Daarbij proberen Claude en Stefanie de zorg van hun dochter zo goed mogelijk op zich te nemen, wat niet altijd lukt omdat de kleine Julliet ook de aandacht van haar ouders eist. Isabel overleeft de nacht, maar in de ochtend verliest zij steeds frequenter haar bewustzijn. Haar ademhaling wordt steeds onregelmatiger en ze begint steeds zwaarder te ademen. De arts wordt opnieuw gebeld, en hij gaat direct op weg naar de smederij. Hij constateert dat er nieuwe complicaties zijn. De ernstige longontsteking is nu acuut en levensbedreigend. Het toedienen van koorts onderdrukkende medicijnen is in deze toestand contra-effectief, daarom wordt met deze medicatie gestopt. 's Nachts is Isabel erg onrustig en praat wartaal. Haar temperatuur stijgt tot boven de 40 graden. Ze transpireert hevig. Ze weigert eten en drinken. In de ochtend raakt ze in een coma. Ze ademt nog, maar er zijn geen reflexen en bewegingen waar te nemen. Ze bellen de arts-assistent voor advies. Nog geen half uur later staat de arts weer voor de deur. Hij kan niets meer doen. Samen houden ze een wake, en om 7.43 stelt de arts vast dat Isabel gestorven is. Pedro schreeuwt, huilt, bidt, roept om zijn Isabel terug te krijgen. Na meer dan een uur komt hij weer een beetje bij zinnen. 's Middags begeleidt Claude Pedro naar zijn boerderij. Het nieuws komt hard aan bij zijn medewerkers.

Pedro komt niet meer over de dood van Isabel. Voorheen was het een joviale man die altijd voor zijn medewerkers klaar stond. Nu praat hij nauwelijks meer. Om zijn kop af te leiden stort hij zich volledig op het werk op de boerderij. Hij negeert zijn vier jaar oude zoon. Hij wil en kan niet meer met hem praten. Zolang de rouw in zijn kop doorgaat kan hij zijn zoon geen aandacht en liefde geven. De klusjesman bekommert zich zo goed als hij kan over de jonge Jean. Het kind raakt meer en meer verward en gaat agressief gedrag vertonen om de aandacht van zijn vader te krijgen. Na de zomervakantie van 1945 gaat de vijfjarige Claude naar het dorpsschooltje. De leraar en de kinderen hebben moeite met Claudes antisociale en agressieve gedrag. Na drie maanden op school doorgebracht te hebben, besluit de leraar de jongen permanent naar huis te sturen. In 1952 gaat hij naar een tuinbouwschool. Technisch doet hij het goed. Hij leert snel hoe hij werktuigen kan gebruiken, de kenmerken van gewassen en de remedies tegen plantenziekten. Verbaal en emotioneel heeft hij zich echter nauwelijks ontwikkeld in al die jaren. Zijn woordenschat ligt ver beneden die van een 13-jarig kind. Daardoor heeft hij ook nauwelijks contact met andere scholieren. Hij besluit in 1955 zijn opleiding te stoppen, om weer bij zijn vader in het bedrijf te gaan werken. Pedro blijft geïsoleerd achter op de boerderij. Enerzijds komt dat door het continue gemis van Isabel en anderzijds doordat hij de Franse taal ook na al die jaren niet helemaal machtig is. De tijd verstrijkt. Knechten komen en gaan. De enige die blijft is de klusjesman Stefan, die met zijn vrouw sinds drie jaren in het huisje met de moestuin woont. Stefan beheert de financiën, de aanschaf van zaaigoed, investeringen, inhuren van personeel en nog veel meer. Financieel gaat het bedrijf goed, maar emotioneel blijft de relatie tussen Pedro en Jean na elf jaar nog steeds een catastrofe. Ze praten nauwelijks met elkaar, ook als ze samen op het land werken, samen aan de maaltijd zitten, als ze de oogst binnen halen, als ze naar de kerk gaan, et cetera. Beiden leven in hun eigen, geïsoleerde werelden.

In 1960 krijgt Pedro een beroerte. Hij is dan pas 52 jaar oud, maar lichamelijk en geestelijk is hij kapot. Een ader klapte in zijn kop en beschadigde zijn spraakcentrum. Hij was altijd al een man van weinig woorden, maar nu is hij gedegenereerd naar een man zonder woorden. Stefan regelt voor hem een kamer in een verpleeghuis. Jean staat er alleen voor. Hij mist zijn vader en voelt zich nog veel eenzamer dan voorheen. Hij besluit daarom een vrouw te zoeken en om een gezin te stichten. Er moeten kinderen komen die de erfenis van hun vader door kunnen geven aan de volgende generatie. Een boerenbedrijf zonder nazaten is een dood bedrijf, zei Pedro altijd. De daaropvolgende week spreekt de pastoor Jean bij het verlaten van de kerk aan. "Hallo Jean, ik hoorde dat je op zoek bent naar een vrouw." Jean kijkt de pastoor verward aan en vraagt: "Hoe weet u dat?" De pastoor vertelt dat er een huwelijkskandidate is in de parochie. Ze is 18 jaar oud, en heeft een goed stel hersens. Ze weet van aanpakken, beheert een moestuin en staat iedere zaterdag met haar kar op de markt. Jean vindt dit een aantrekkelijk aanbod. Ze spreken af dat de pastoor volgende week na de mis een gesprek zal organiseren met hun beiden. De week daarna zitten Julliet en Jean samen met de pastoor in de kleine consistorie. De dominee begint met een preek met de boodschap dat het aanvaarden van het katholieke huwelijk en het stichten van een gezin de zegening krijgt van de katholieke kerk en de heilige drie-eenheid. Niet voor niets heeft Jezus gezegd "Laat de kinderen tot mij komen." Een rechtschapen katholiek paar heeft de opdracht kinderen in het aangezicht van de Here op te voeden. Zodra de zin ten einde is, zegt Jean luid tot Julliet: "Laten wij trouwen." Julliet schrikt van dit onbeholpen aanzoek. De pastoor merkt het op en zegt tactisch: "Laten wij niet te snel van stapel lopen." Hij stelt voor om volgende week de verloving tijdens de mis te noemen. Julliet is de volgende dagen erg onrustig over de verloving en het daaropvolgende huwelijk. Zij heeft het gevoel dat ze uitgeleverd is aan Jean. Het liefste wil ze weglopen en ergens anders een nieuw leven opbouwen. Maar om zoiets te doen, is geld nodig, en daaraan schort het. Ze moet zich in haar lot schikken. De volgende week kondigt de pastoor aan het einde van de mis de verloving aan van Jean en Julliet. Julliet doet haar best om een blij gezicht op te zetten. Jean is oprecht gelukkig. Twee weken later wordt er een verlovingsfeest gevierd met een paar kennissen. Julliet leert van het feest dat Jean niet in staat is goed om te gaan met alcohol. De kleine vriendenkring vertrekt voortijdig om niet langer de gênante vertoning van Jean te moeten meemaken. Twee maanden later is het huwelijk. De dag voor het huwelijk laadt Julliet haar kar op met haar schaarse bezittingen, voornamelijk boeken, kleding en paar oude poppen uit haar jeugd. De hond Bosos wordt weer onder de wagen gebonden, en ze gaan op weg naar een nieuwe "gehuwde" toekomst. Ze heeft nog steeds een onbestemd buikgevoel van deze stap. Ze moet hoe dan ook verder. Het huwelijk wordt in de kerk van Saint Christaud voltrokken. Na afloop gaan ze naar Cazères om het huwelijk te laten registreren bij een ambtenaar van de burgerlijke stand. Zodra dat allemaal geregeld is, nemen ze even rust, om daarna uitgebreid het huwelijk te vieren met de dorpsbewoners. Er zijn tafels opgesteld met allerlei lekkernijen en diverse dranken. Het weer is fantastisch; een aangenaam voorjaarszonnetje, in een heldere hemel. Laat in de avond helpt Julliet samen met een paar andere vrouwen bij het opruimen van de laatste spullen en het spoelen van de glazen en het servies. Julliet verzamelt alle geschenken die ze gekregen hebben in een grote tas, en loopt door het donker naar haar nieuwe thuis, Jeans boerderij, waar Jean al naakt in bed ligt om de huwelijksdaad te mogen realiseren. Julliet heeft nog nooit een naakte man gezien. Ze schrikt van het weke vel, het drillerige buikvet en de forse piemel die recht overeind tussen zijn benen staat. Jean trekt haar in bed, scheurt de kleding van haar lijf en werpt haar vervolgens op haar rug en duwt met zwaar geweld zijn geslacht in de vagina van Julliet. De penetratie doet behoorlijk pijn. Stampend wordt haar onderlichaam steeds verder door-boord. Met een luide oerkreet kondigt Jean zijn orgasme aan. Zijn lichaam verslapt, en hij legt zich naast haar in bed. Julliet voelt het sperma langzaam uit haar vagina sijpelen. Haar hele onderlijf doet pijn. Al snel valt Jean in een diepe slaap, terwijl Julliet eenzame tranen huilt. Julliet slaapt vroeg in de morgen in, en wordt even later gewekt door Jean, die met zijn boerenwerkzaamheden moet beginnen. Het liefste was Julliet direct naar een klooster gevlucht om eeuwig als non de kerk te dienen. Maar met een status van een ontmaagde gehuwde is dit geen optie. In de loop van de dagen, weken en maanden, leert Julliet om te gaan met het seksueel geweld van Jean. Vaak heeft ze uitvluchten. Regelmatig vlucht ze weg in andere gedachten terwijl Jean haar onderlichaam gebruikt. Het went ...

Drie jaar later is Julliet nog steeds niet zwanger, terwijl Jean verwacht had dat zijn eerste nakomelingen al in de luiers zouden moeten liggen. De tijd verstrijkt verder, zonder een teken van leven in de buik van Julliet. Jean wordt grover in zijn seksuele activiteiten en de frequentie van zijn geslachtelijke daden neemt steeds meer toe. Julliet raakt lichamelijk en geestelijk uitgeput. Op een dag zakt ze voor haar marktstalletje in elkaar. Er wordt een arts geroepen die snel ter plekke is. Hij constateert dat ze lichamelijk en geestelijk uitgeput is. Hij schrijft voor dat zij, om weer aan te sterken, zes weken in een sanatorium moet blijven. Jean stemt schoorvoetend toe. De eerste weken heeft Julliet het zwaar in het sanatorium. Ze voelt zich schuldig over haar "zwakheid", en vraagt bijna dagelijks wanneer ze weer naar huis kan. Ze heeft een lang gesprek met de behandelend arts die uitlegt dat de kans op terugvallen groot is bij een voortijdig beëindiging van de therapieën. De kans is groot dat ze dan "in een diep gat valt" waardoor er meer en langdurige therapieën noodzakelijk zijn. Schoorvoetend stemt Julliet toe. Als zij na zes weken terugkeert, treft zij een jonge vrouw aan in het huis. Ze stelt zich voor als Bernadet, de huishoudster. Jean heeft haar in dienst genomen omdat Julliet niet meer in staat was het huishoudelijk werk te doen. Jean heeft een kamer voor Bernadet ingericht zodat ze op ieder moment Julliet kan helpen. De eerste twee nachten slapen Jean en Julliet in alle rust in het echtelijke bed. De derde nacht merkt Julliet dat Jean zachtjes uit bed stapt om even later het kreunen en het orgasme van Jean en Bernadet te horen. In eerste instantie wordt Julliet woedend over de ontrouw van haar man. Aan de andere kant levert dit meer rust en minder seksueel geweld op. Steeds vaker verdwijnt Jean uit de slaapkamer en na een paar maanden heeft Julliet het bed geheel voor zichzelf. Het geluid van de seksuele uitspattingen van haar man gaat nog steeds door merg en been. Om haar gedachten te verzetten is ze iedere dag aan het werk om de moestuin bij het kleine huisje opnieuw in te richten en uit te breiden. Na drie weken heeft ze al voldoende assortiment om weer op de markt te staan. Al vroeg gaat ze met haar kar naar de markt. De marktmeester begroet haar met een grote glimlach op zijn gezicht. "Welkom op de markt en fijn je weer te zien. Wij hebben je de afgelopen jaren gemist. Om je terugkeer te vieren mag je hier de beste plek uitkiezen, en je hoeft er dit keer ook niets voor te betalen." Veel klanten kennen haar nog, maken een praatje en voor de middag is de stand uitverkocht. Dit succes moedigt haar aan om steeds meer soorten groenten en kruiden te kweken voor een nog breder assortiment. Wekenlang is ze hiermee aan het werk, en ze staat iedere vrijdag weer op de weekmarkt. Terwijl ze hard aan het werk is, bemerkt zij niet dat de buik van huishoudster Bernadet gegroeid is. Julliet probeert sowieso het liefdesobject van haar man zo veel mogelijk te vermijden. Op het moment dat Bernadet ongeveer zeven maanden zwanger is, kan Julliet niet meer ontkomen aan het feit dat zij binnen enige weken kan bevallen. Het zal een kind zijn die de genen van haar man zal dragen. Ze is zeer jaloers omdat ze zelf ook heel graag een kind had gehad. Deze gedachte raakt haar zeer. Huilend loopt ze weg en maakt urenlange wandelingen. 's Avonds laat zien meerdere mensen haar verward en huilend lopen door de straten van Gazères. De arts Pier Jean wordt door diverse mensen gebeld. Hij weet haar te traceren en brengt naar het sanatorium, waar ze weer voor enige weken opgenomen wordt. Als ze weer enigszins hersteld is gaat ze terug naar de boerderij, waar ze ziet dat Bernadet haar drie weken oude baby de borst geeft. Dankzij de therapieën die ze gekregen heeft, weet ze er nu beter mee om te gaan. Ze is door de therapie veel weerbaarder. Omdat de moeder en het kind de rust en tijd nodig hebben, stelt zij voor om voortaan in het huisje met de kruidentuin te slapen. Het huisje staat al enige weken leeg omdat klusjesman Stefan een huis gekocht heeft aan de rand van Saint-Christaud. Jean stemt ermee in dat Julliet het huisje kan gebruiken en belooft Stefan te vragen om het huis te inspecteren en waar nodig, weer op orde te brengen. Jean houdt woord, de volgende dag is Stefan al druk aan het klussen. Een paar dagen later trekt Julliet in haar huisje. Ze heeft na drie jaar weer meer vrijheid om te gaan en staan waar ze wil. Die avond bezoekt Jean Julliet. Enigszins schuchter zegt hij dat "hun huwelijk de zegening gekregen heeft van God". Met deze zegening hebben ze de opgave nieuwe schepselen te creëren die het koninkrijk God zullen bevolken. Jean zegt: "Ik heb lang mijn best gedaan om mij aan deze plicht te houden. Het werkte niet zoals wij gehoopt hebben. Voor iedereen in Saint Christaud moet het onbekend blijven dat wij niet meer samen het echtelijk bed delen. Ook mag niemand weten dat ik zeer waarschijnlijk de vader van Bernadets kind ben. Als deze ontrouw bekend wordt, wordt mijn reputatie in het dorp en het goddelijk koninkrijk geschaad." Beiden zweren dat niemand iets te weten zal komen, en dat ze deze belofte altijd behouden.

Het is ondertussen voorjaar 1966. De autoverkoop stijgt in Europa en er ontstaan files bij de grote steden. De Europese industrie draait op volle toeren. Er komen nieuwe landbouwmachines en bestrijdingsmiddelen. De winkels worden voller met tal van nieuwe artikelen. In het kleine dorpje Saint Christaud worden deze ontwikkelingen nog nauwelijks opgemerkt. Trouw gaat Julliet iedere vrijdag naar de markt met haar kar en Bosos. Ze heeft nu een vaste plek en een trouwe klantenkring. Er komen echter steeds meer groenten stallen op de markt, waardoor de concurrentie groter wordt en de prijzen dalen. Julliet besluit de kruidentuin te vergroten en opnieuw te beplanten met kruiden en diverse soorten bijzondere groenten. Met haar hond Bosos en haar spaargeld gaat ze vier weken lang langs diverse telers in de omgeving, op zoek naar de gewassen die niet of nauwelijks te vinden zijn in de andere groenten stallen. Ze komt terug met een grote variëteit: asperges, diverse soorten artisjokken, paprika's, tomaten, bladgroenten en een zeer uitgebreid assortiment aan kruiden. Dag en nacht is ze daarna in de weer met de nieuwe beplanting van de tuin. Het weer is goed met voldoende licht en regen, en alles groeit als kool. Begin juli worden de eerste groenten en kruiden geoogst. Vrijdagochtend laadt ze haar kar op en gaat ze voor het eerst weer naar de markt. De marktmeester vraagt Julliet waarom ze wekenlang niet op markt was. Julliet vertelt van haar nieuwe assortiment. Om de terugkomst op de markt en het nieuwe assortiment te vieren, geeft hij haar weer een hele mooie plaats op de markt. De verkoop loopt goed. Vele klanten van vroeger kennen haar nog, en er komen meerdere nieuwe klanten voorbij. Al snel is haar handel helemaal leeggekocht. Om wat tijd te doden, maakt ze een wandeling langs de andere marktstallen. Het valt haar op dat veel restauranthouders iedere vrijdagochtend hun inkopen doen op de markt. Ze verwacht dat deze doelgroep waarschijnlijk de grootste interesse heeft voor speciale groenten en kruiden van hoge kwaliteit. Tevreden en met volle portemonnee gaat ze terug naar haar huisje. Tot einde oktober staat ze iedere vrijdag met haar kar op de markt. Steeds meer restauranthouders worden vaste klanten van haar producten. Meerdere vragen haar of ze ook direct bij hun restaurants kan leveren. Julliet ziet daar wel brood in. En als ze het niet snel aanpakt, is de kans groot dat een ander groenten- en kruidenteler een leverservice begint. Om deze service te kunnen bieden, moet ze wel een auto hebben. Daarbij denkt ze direct aan Bernodette, haar oude schoolvriendin, wiens vader een garagebedrijf heeft in Gazères. Ze belt haar direct op. Nadat ze elkaar weer op de hoogte hebben gebracht van nieuwtjes in het dorp vertelt Bernodette dat ze binnenkort gaat verloven. Julliet feliciteert haar. Aan het eind van het gesprek vraag Julliet of haar vader misschien een bestelauto te koop heeft. Bernodette stelt voor dat Julliet naar haar vaders bedrijf gaat om dan samen een mooie auto voor haar uit te kiezen. Julliet is helemaal opgewonden over het idee een echte auto te hebben. In Saint Christaud, met een bevolking van ongeveer twintig gezinnen, hebben maar twee wat rijkere gezinnen een auto. Hoe zullen de dorpsbewoners verbaasd opkijken als de arme dochter van de smid in een auto rondrijdt? Opgewonden over het aankomende autobezit loopt zij direct, met een stevige pas, naar het garagebedrijf. Als ze aankomt, staat Bernodette al op de uitkijk, en zodra ze Julliet ziet, neemt ze haar mee naar de showroom. Ze ziet in de etalage een nieuwe kleine bestelauto van het merk Renault. Zoiets is precies wat ze nodig heeft. Het prijskaartje is helaas te veel voor haar. Het is ongeveer het gehele bedrag dat ze verdiend heeft in de afgelopen drie maanden. Ze is teleurgesteld en wil al afscheid nemen van Bernodette. De vader van Bernodette herkent haar nog van vroeger. Hij komt naar haar toe, en vraagt wat ze zoekt. Ze wijst op de bestelauto. Hij vraagt of ze een nieuwe auto wil. "Het hoeft geen nieuwe te zijn, maar het moet wel een goede auto zijn" zegt Julliet. Bernodettes vader vraagt of ze al ervaring heeft met autorijden. Schoorvoetend zegt ze dat ze nog maar vier keer mee heeft gereden met een auto en dat ze nooit zelf achter het stuur heeft gezeten. Hij raadt haar daarom aan eerst een gebruikte auto te kopen. Beginnende autorijders maken nog wel eens een deukje, en dat is zonde van zo'n mooie auto. Hij neemt haar mee naar de parkeerplaats, waar meerdere gebruikte bestelauto's staan. Er is een ruime keuze, van aftandse barrels tot en met zo goed als nieuw sportauto's. Hij toont haar een aantal bestelauto's, de kilometerstanden en de prijzen en nodigt haar daarna uit om een paar auto's te proberen. Julliet heeft nog nooit in een auto gereden. Ze heeft geen idee hoe ze dit apparaat moet bedienen. Bernodettes vader stelt voor om samen een stukje te rijden. Met een zeer groot geduld helpt hij

Julliet met de eerste beginselen van het autorijden. Na de instructies toont hij verschillende goede tweedehands bestelauto's. Julliet is gelijk verliefd op een aardbei-rode bestelauto. Julliets vader noemt de prijs die behoorlijk schappelijk is. Hij spreekt af dat de auto voor haar gereserveerd wordt. Ze moet namelijk eerst een rijbewijs halen bij het gemeentehuis. Hij wijst ook erop dat er een verzekering moet worden afgesloten, voordat ze op de weg mag. De garage kan dit voor haar verzorgen. Bij de afdeling rijbewijzen van het gemeentehuis moet ze eerst een ogentest, reflex en leestest doen. Met glans komt ze door deze testen. De beambte schrijft haar gegevens in het rijbewijsboekje, en geeft haar ook een folder over de verkeersregels. Kort daarna staat ze weer bij de garage. De vader van Bernodette neemt de tijd om het gebruik van de auto goed uit te leggen, welke benzine ze moet tanken, waar het erin moet, de bediening van de ruitenwissers, de ruitensproeier, het schakelen, de vervanging van lampen et cetera. Omdat hij Julliet nog kent van vroeger geeft hij haar nog een extra korting. Daarna komt het geld op tafel en krijgt Julliet de sleutels en de verzekeringspapieren. Ze rijdt heel langzaam en voorzichtig weer naar boven naar haar huisje.

Jean is verbaasd als hij de rode bestelauto voor het huisje ziet staan. Hij belt aan en vraagt wat er aan de hand is. Vanwege de brandweerrode kleur vermoedt hij dat er problemen zijn. Julliet legt uit dat het haar auto is, en dat het aardbei-rood is in plaats van brandweerrood. Met dit antwoord is hij tevreden. Hij meldt dat de huishoudster eind van het jaar opnieuw een baby zal krijgen, en neemt afscheid. Dit bericht is weer een steek onder de gordel bij Julliet. Ze probeert haar gezicht in de plooi te houden. Jean merkt het niet, en loopt met grote passen naar de boerderij.

Vanaf het moment dat Julliet de auto heeft, groeit haar klantenkring snel. Woensdag en zaterdag rijdt ze rond om haar producten af te leveren en vrijdag staat ze nu met een vaste stand op de markt. Met haar auto rijdt ze minstens ééns per week naar haar moeder Stephanie, en als het mooi weer is, rijdt Julliet met haar door de omgeving. Stephanie is trots op haar ondernemende dochter. Haar kookwasdiensten lopen goed en ze is trots op haarzelf-verdiende geld. Het geeft haar een gevoel van zelfstandigheid en vrijheid. Af en toe spring Julliet bij als er grotere aanschaffen gedaan moeten worden. Haar komt niets tekort.

Omdat er steeds meer vraag komt naar haar producten heeft Julliet steeds minder tijd voor het verzorgen van de moestuin. Ze wil een medewerkster in dienst nemen. Ze vraag wat rond in het dorp. Een jong vrouw die Brigitte heet, wil graag parttime voor haar werken. Ze spreken af dat zij twee dagen in de week helpt met het verzorgen van de tuin. Julliet leert Brigitte hoe ze de verschillende gewassen moet behandelen tegen insectenplagen, hoe ze planten moet uitzaaien en nog veel meer kneepjes van het vak. Na een jaar is ze voldoende opgeleid om volledig zelfstandig de tuin te verzorgen. Hiermee neemt ze veel werk van Julliet uit haar handen. Het werken met Brigitte doet Julliet goed. Het doorbreekt ook haar eenzaamheid. Op een mooie zomeravond zitten ze samen voor het huisje met een fles goede Bordeaux. Enigszins aangeschoten stelt Julliet voor om hun bedrijfje een goede en passende naam te geven. Na enige tijd gebrainstormd te hebben komen ze uit op "Les Deux Femmes

Verts" (De twee groene vrouwen). De volgende dag haalt Julliet een pot groene verf uit de stad, en samen verven ze hun nieuwe naam met sierlijke letters op de auto. De naam werkt. Binnen een paar weken weet iedereen in de omgeving wie ze zijn en wat ze doen. Doordat ze meer bekendheid krijgen neemt de klantenkring nog verder toe en Brigitte besluit om voortaan drie dagen per week voor Julliet te werken. Bedrijfsmatig loopt het bedrijf van de twee vrouwen uitstekend. Maar ieder jaar dat verstrijkt, wordt Julliet steeds een beetje somberder. Zodra de winter weer inzet, heeft Julliet steeds meer moeite haar zinnen te verzetten. Ze heeft weinig energie, en kan soms dagenlang in bed liggen.

De verandert op slag in de zomer 1979. Vroeg in de middag komt ze thuis met een kleuter met korte blonde haren en rode wangen, gekleed in een spijkerbroek en een T-shirt met daarop Elmer, de bonte Olifant. Ze vertelt aan Brigitte dat ze vorige week een telegram gekregen heeft van haar nicht uit Toulouse. Deze nicht heeft het kind alleen opgevoed, maar kan dat niet meer doen omdat ze zwaar ziek is. Ze moet minstens twee weken naar het ziekenhuis voor een operatie. De operatie kan levensbedreigend zijn. Julliet heeft beloofd voor haar drie jaar oude zoon Gerard te zorgen, tot ze weer uit het ziekenhuis komt. Vanochtend heeft ze hem meegenomen naar het station, waar ze Gerard en een tas vol kleding voor het kind in ontvangst genomen heeft. Julliet belooft haar het kind terug te brengen als het weer beter met haar gaat. Ze hebben afgesproken om iedere dag met elkaar te bellen, en elkaar op de hoogte houden. Brigitte vindt het heel fijn dat Julliet zo goed voor haar nicht en haar kind zorgt. In het begin is Julliet nog wat onwennig met de kleine Gerard. Hij brabbelt een beetje, maar wat hij zegt is totaal onverstaanbaar. Julliet oefent veel met Gerard om zijn spraak te verbeteren. Ze merkt dat Gerard graag en snel leert. Na vier werken kan hij al kleine zinnetjes zeggen. Gerard zit steeds liever op schoot bij Julliet en ze knuffelt hem geregeld. Twee weken later vertelt Julliet aan Brigitte dat haar nicht gisteravond plotseling gestorven is. Ze heeft de operatie niet over- leefd. Kort voor haar dood heeft ze nog gebeld met haar nicht gehad, waarbij Julliet beloofd heeft als een moeder voor Gerard te zorgen.

HOOFDSTUK 6:

Nederlanders op vakantie in de Pyreneeën

De relatie tussen Pien en haar ouders is twee jaar later nog steeds niet verbeterd. Gemiddeld eens per drie maanden sluipt haar moeder uit de tuinderij om haar kleinkind te kunnen zien. Ze leeft weer helemaal op als ze kleine Pim op schoot neemt. Pim is een echte charmeur die weet hoe hij de gunsten van zijn oma kan krijgen. Als beloning krijgt hij een overmaat aan snoepgoed dat, zodra de oma het pand verlaten heeft, wordt opgeborgen in een hoog keukenkastje. De ouders van Jan komen bijna elk weekeinde op bezoek, en passen op Pim als Jan en Pien er een weekendje tussenuit willen. Hierdoor heeft Pim een veel hechtere band met Jans ouders dan met de moeder van Pien.

Jan werkt hard bij de Rotterdamse plantsoenendienst. Het goed leiding geven aan zijn medewerkers kost hem veel tijd. Veel van zijn medewerkers melden zich geregeld ziek, waardoor hij snel alternatieven moet organiseren voor het realiseren van de groene projecten in de stad, soms met medewerkers vanuit andere Rotterdamse wijken, en als het niet anders kan, met medewerkers via uitzendbureaus. Het ergert hem ook dat gereedschappen snel kapot gaan door onoordeelkundig gebruik, en dat geregeld apparaten en gereedschappen gestolen worden. Gelukkig is hij op goede voet met de directeur van de plantsoenendienst, die hem vaak goed bruikbare adviezen geeft voor de omgang met zijn medewerkers. Wat hem nog het meest frustreert in zijn baan, is dat er veel achter zijn rug wordt geregeld. Dat leidt soms tot catastrofale fouten. Zo zijn bij het Alexanderplein in Rotterdam vier monumentale platanen gekapt, omdat zijn medewerkers geen zin hadden deze bomen te snoeien. Het spaarde hen veel werk, en het leverde Jan een berisping op van de Rotterdamse burgemeester. Het mooiste van zijn vak vindt jan het aantrekkelijker maken van de stad door meer groen in de stad te brengen.

Na Pims eerste verjaardag gaat hij vier ochtenden in de week naar de kindercrèche om de hoek van hun straat. Die ochtenden gebruikt Pien deels voor het huishouden en deels voor het ontwerpen en naaien van bontgekleurde kinderkleding. Haar eerste ontwerp was een zomerjasje met bonte vlinderpatronen. Pim kreeg veel complimenten van de medewerkers van de crèche en Pien van de andere moeders. Als snel krijgt ze een diverse aanvragen om deze kleding. Met haar eerste geld heeft ze een zeefdrukpers gekocht, om haar eigen designs zelf te kunnen drukken; niet alleen voor kinderkleding, maar ook voor sjaals en andere dameskleding-accessoires. Het ontwerpen en maken van kleding geeft haar veel energie. Het is belangrijk voor haar, om haar creativiteit te gebruiken en verder te ontplooien.

De afgelopen twee jaar hebben ze veel geld gestoken in de inrichting van het huis. Het huis is nu geheel naar hun smaak ingericht en ze voelen zich goed thuis in hun huis en in de wijk. Omdat het openbaar vervoer in Pendrecht goed functioneert en ze een groot winkelcentrum op de hoek hebben, besluiten ze de auto van Jan te verkopen. Jan heeft voor zijn werk sowieso geen auto nodig. Het metrostation is slechts tien minuten verwijderd van hun huis en is de snelste manier om naar kantoor en de verschillende projecten te gaan. In de warme weekenden gaan ze met de trein filevrij naar de kust.

De ouders van Jan gaan vaak naar de Pyreneeën op vakantie. Het is daar rustiger dan in de Alpen en ook minder toeristisch. De natuur is minstens zo mooi als in de Alpen. Nadat Jan een fotoboek toont van Jans familie in de Pyreneeën is Pien helemaal overtuigd. Jan en Pien besluiten daarom in 1979 om met hun driejarige Pim twee weken vakantie te houden in de Pyreneeën. Ze boeken de heen- en terugreis per trein van Rotterdam naar het stadje Bagnères-de-Luchon. De treinreis duurt bijna 20 uur, een behoorlijk lange tocht in drie etappes: Rotterdam naar Parijs, de nachttrein Parijs-Toulouse (met slaapcoupé) en van Toulouse naar Bagnères-de-Luchon. Voor het verblijf huren ze een grote kamer in een rustiek pensionnetje, slechts een paar honderd meter van het station. Ze kijken uit naar hun vakantie, en verheugen zich om twee weken helemaal weg te zijn uit het natte Nederland. Pim is helemaal opgewonden over de vakantie. Hij wil reizen naar landen met hoge bergen met veel sneeuw, en droomt geregeld van de sneeuwpop die hij wil bouwen. Pim is er helemaal vol van en maakt op de kleuterschool de meest fantasievolle tekeningen over hoge bergen en sneeuwpoppen. Iedere dag vraagt hij wanneer ze gaan vertrekken. Drie weken voor de vakantie binnen ze de dagen af te tellen, en iedere dag wil Jan weten hoeveel dagen het duurt voor ze er zijn, waarmee Pim zijn tel-kunsten aanzienlijk verbetert. Uiteindelijk komt de grote dag van het vertrek. Pien heeft een speciale rugzak ingepakt met alles om de reis zo comfortabel mogelijk te laten lopen: drinken, boeken, opblaasbare kussens (voor een slaapje), een paar dekens, extra kleding voor Pim en de gloednieuwe Sony Walkman met heel veel cassettes. Jan heeft de twee grote koffers volgestopt met voornamelijk kleding en boeken. Op 21 juni staan ze 's avonds om half acht bepakt en bezakt op het centraal station van Rotterdam. Kort voor acht uur komt de nachttrein naar Parijs het station binnengerold. De heenreis is lang en relaxed. Zodra de trein vertrokken is, valt Pim in een diepe slaap. Pien en Jan verdrijven de tijd met boeken, kruiswoordpuzzels en af en toe een slaapje. Negen uur later wordt het langzaam licht in Noord-Frankrijk en Pim wordt rustig wakker. Hij geniet vervolgens van het heuvelachtige landschap en de muziek met kinderliedjes op de walkman. In Parijs stappen ze over naar de trein naar Toulouse, en vanuit daar nemen ze de trein naar hun vakantiebestemming in de Pyreneeën. Vier uur 's middags zijn ze op de plek van bestemming. De lucht is blauw en de zon beschijnt de indrukwekkende bergketens met hoge sneeuwtoppen en de grote bossen aan de voet van de bergen. Pim kijkt zijn ogen uit naar dit sprookjesachtige landschap. Het wordt een fantastische vakantie. Hun hotelkamer heeft uitzicht op de besneeuwde pieken. Pim kan maar niet begrijpen waarom hier sneeuw ligt en in Nederland niet. Bij een sportartikelenwinkel koopt Jan een rugzak waar Pim in kan zitten. Dat maakt het mogelijk wat langere wandeltochten door de bergen te maken, en Pim heeft vanuit de rugzak een uitstekend uitzicht. Tijdens de wandelingen wordt er veel gekletst. Als het einde van de vakantie in zicht komt, heeft Pim zijn woordenschat aanzienlijk aangevuld. Jan en Pien hebben wel de indruk dat hij soms wat na-papegaait zonder de inhoud van de woorden te begrijpen. Helemaal begrijpen doet hij het nog niet. Gedurende hun elf dagen verblijf in Bagnères-de-Luchon hadden ze maar één dag regen en die hebben ze benut als rustdag voor zichzelf en Pim.

Langzaam komt aan de vakantie een einde. Er moet afscheid genomen worden van de mooie bergen en prachtige natuur, en dat valt Pim erg zwaar op zijn gemoed. De laatste avond slaapt hij nauwelijks en houdt zijn ouders voortdurend uit hun slaap; omdat hij verdrietig is, buikpijn heeft, niet meer naar school wil en nog veel meer. Met grote wallen onder hun ogen staan Pien, Jan en Pim om 9.00 uur op het station. Ze vinden een coupé waar ze met zijn drieën naast elkaar kunnen zitten. Met een kleine vertraging vertrekt de trein. Door gebrek aan slaap, het monotone geluid van de cadans van de wielen en de warmte in de coupé is het gezin in-gedoezeld. De boemeltrein gaat van station naar station richting Toulouse. Als de trein vertrekt uit het station van Gazeres sür Garonne worden Pien en Jan wakker van een luid tumult in de trein. De trein maakt snelheid en de mensen in de coupé wijzen geschokt naar het perron. Jan en Pien kijken uit het raam en zien nog net een glimp van hun Pim op het perron. Op slag zijn ze klaarwakker en de adrenaline giert door hun aders. Ze zoeken naar een noodrem, maar kunnen die niet vinden. Enige minuten later komt de conducteur aangerend. Meerdere passagiers hebben de conducteur geïnformeerd en ze praten opgewonden, wijzend naar Pien en Jan. Pien vraagt in het Nederlands de trein direct te stoppen. De conducteur kijkt verbaasd. Pas nadat ze de woorden gezegd heeft, beseft ze dat ze Nederlands sprak. Ze probeert het vervolgens in het Engels. Na enige tijd en met behulp van andere passagiers komt de boodschap door bij de conducteur dat hun kind de trein

111

heeft verlaten. Volgens de conducteur is het onmogelijk onderweg te stoppen. Daarmee wordt het hele spoor geblokkeerd. Terugrijden is geen optie omdat de volgende trein al in enkele minuten in het station van Gazeres zal rijden. Ze kunnen niets doen en moeten doorrijden naar het volgende station, dat een kleine dertig minuten rijden verwijderd is van Gazeres. Met behulp van de vertalingen van de passagiers vragen zij of hij een portofoon heeft om het station te informeren over hun kind dat op het station staat. Er blijkt dat de portofoon communicatie al maanden gestoord is, en het onmogelijk is een bericht te sturen. Hun wordt aangeraden zich direct bij het volgende station te melden bij de stationschef, zodat er een bericht naar Gazeres gestuurd kan worden.

De volgende dertig minuten zijn vreselijk. Hun kind is weg en er kan niets gedaan worden om Pim snel in veiligheid te brengen. Met hoge snelheid wordt de afstand tot hun kind Pim steeds groter en er is niets dat ze kunnen doen om dit te verhinderen. Eindelijk rijdt de trein het volgende station binnen. Ze hebben zich al voor de deuren opgesteld met al hun bagage om zo snel mogelijk bij de stationschef te komen. Als de trein stopt, springen ze met al hun spullen uit de trein. Hun hartslag en bloeddruk schiet omhoog door de stress. De conducteur begeleidt hen direct naar de stationschef. Pien en Jan geven een beschrijving van Pim en de kleding die hij aanheeft. De stationschef belt gelijk naar het station van Gazeres sür Garonne en geeft de informatie door. Er wordt direct met een zoekactie gestart om de kleuter te vinden. De stationschef stelt voor dat ze hun bagage voorlopig achterlaten in zijn kantoor en dat ze zo snel mogelijk met een taxi terug naar Gazeres gaan. Hij loopt met hen mee naar de taxistandplaats en geeft een taxichauffeur de instructie om zo snel mogelijk naar het station van Gaveres te rijden. Ze vertrekken vol gas en staan binnen twintig minuten weer op het station van Gazeres. De stationschef en een agent staan al klaar om ze in ontvangst te nemen. Met het signalement van Pim wordt het station aan alle kanten doorzocht. Helaas kunnen ze het kind niet vinden. Geen enkel signalement komt overeen met de beschrijving van Pim. De agent vraagt in redelijk Engels of ze een recente foto hebben. Pien haalt een recente foto van Pim uit haar handtas en geeft hem aan de agent. Urenlang doorzoeken ze de omgeving en constant roepen zij Pims naam. Als het donker begint te worden, is er nog steeds geen spoor van Pim te vinden. Ze besluiten voorlopig in Gazeres te blijven en boeken een kamer voor een week in een pensionnetje naast het station. De volgende dag gaan ze weer naar de gendarmerie (politiekantoor). De posters met een grote foto van Pim liggen al klaar. Pien geeft ook een beschrijving van de kleding die hij draagt. De posters worden in Gazeres en de omliggende dorpen verspreid en opgehangen. Op de foto staat Pim met lang blond haar en hij draagt een T-shirt van Elmer, de bonte olifant. In de tekst onder het beeld wordt gevraagd aan iedereen die informatie heeft over het verdwijnen van Pim om zo snel mogelijk contact op te nemen met de politie. De eerste dag melden zich een aantal mensen die een blonde kleuter op het perron gezien hebben die voldoet aan het signalement. Een oudere man heeft een vrouw met een blond kind gezien bij de parkeerplaats. Hij kan zich niet herinneren hoe zij eruitziet. Na drie dagen komen er geen nieuwe meldingen meer. De week daarna wordt door de lokale tv-zender een oproep gedaan. Er komen een aantal nieuwe reacties. De politie onderzoekt ze allemaal, maar het blijft een dood spoor. Uiteindelijk raadt de politie Jan en Pien aan maar beter naar huis te gaan. Er is niets dat zij kunnen doen om hun kind te vinden. Ze bellen op als ze nieuws hebben. De volgende dag staan ze bedroeft en verdrietig op het station, klaar voor de terugreis naar Nederland. In Nederland melden zij het verdwijnen van hun zoon bij de politie. Deze schakelen ook Interpol in, die het signalement verspreid over vele landen. Ook na een jaar is er geen enkel spoor van de verdwenen Pim gevonden. Na twee jaar wordt het onderzoek gestopt. Pien en Jan besluiten geen kinderen meer te nemen. Een ander kind zou een substituut van Pim zijn. Zij willen de herinnering aan Pim niet vertroebelen.

HOOFDSTUK 7:

Gerards Jeugd

Het is druk op de boerderij. Bernadet heeft een vruchtbare schoot die bijna ieder jaar een nieuwe nakomeling produceert. Naast dat zij het huishouden moet runnen, heeft ze nu ook de zorg voor haar kinderen, en met ieder nieuw kind wordt haar werklast nog zwaarder. Na de geboorte van haar vierde kind staat ze elke dag om half zeven op en 's avonds laat stapt ze om middernacht afgepeigerd in bed. De roofbouw op haar lichaam laat zware sporen achter. Haar gezicht krijgt diepe rimpels, de kleur van haar haar kleurt richting grijs en haar rug kromt zich steeds meer onder de last van het dragen van kinderen, het inkopen doen en het huishoudelijke werk. Omdat ze steeds meer last krijgt van haar rug gaat ze, als de pijn niet meer te harden is, naar de huisarts in Gazeres die constateert dat twee tussenwervelschijven redelijk versleten zijn. Hij schrijft pijnstillers voor, en raadt haar aan rustiger aan te doen. Dat laatste advies wordt maar deels opgevolgd.

Jean neemt deze kinderen op alsof het zijn eigen kinderen zijn. Maar, als hem gevraagd wordt hoe het met zijn kinderen gaat, ontkent hij halsstarrig dat het zijn kinderen zijn. Hij volhardt in de stelling dat het de kinderen van de huishoudster zijn, en niet die van hem. Jean heeft geen kinderen en wil die ook niet. Hij is geen goede opvoeder. Terwijl de huishoudster zich bezighoudt met het huishouden, de kinderen, poetsen en inkopen en af en toe een seksuele uitspatting van Jean, bekommert Jean zich om het steeds beter florerende boerenbedrijf. Hij heeft de afgelopen jaren meerdere percelen landbouwgrond gekocht. Het bedrijf meet nu 19 hectare, en daarmee heeft hij het grootste landbouwbedrijf in Saint Christaud. Met de groei van het landareaal groeit ook het aantal medewerkers. Iedere ochtend om 7.00 komen ze bij allemaal in de grote schuur waar Jean de opdrachten van de medewerkers verdeelt en beveelt. Jean is een man van weinig woorden. Tegenspraak wordt niet geduld. De medewerkers hebben angst voor Jean en zijn opvliegende temparament. Als medewerkers fouten maken proberen ze dat zo veel mogelijk te verdoezelen. Jean zal het nooit te weten komen, maar onderling regelen de medewerkers veel en zijn ze uitermate goed op elkaar ingespeeld. Hun doel is met zo weinig mogelijk inspanning, een zo goed mogelijk resultaat te leveren, en dat lukt hun behoorlijk goed. Door de groei van bedrijf wordt de boekhouding steeds gecompliceerder, maar Jean wil de boekhouding niet graag uit handen geven. Er komen echter vaak aanmaningen van leveranciers en ook van de regionale en landelijke belastingen. Deze aanmaningen blijven steeds vaker onaangeroerd liggen in de brievenbus. Bernadet kan de lakse houding van Jean over de bedrijfsfinancien niet accepteren. Het is een grote bedreiging voor de continuïteit van het bedrijf, en daarom besluit ze dit zelf maar op orde te brengen. Ze koopt een boek over bedrijfseconomie, en ze slaagt erin binnen twee maanden een professionele boekhouding op te stellen.

De kleine Gerard kan in alle rust opgroeien in een groene en liefdevolle omgeving. Niemand van de boerderij is ook maar enigszins geïnteresseerd in de vrouw met de kleuter die in het huisje met de kruidentuin wonen. Julliet neemt ruim de tijd om hem te leren lezen en schrijven, en neemt hem altijd mee op de ritjes naar haar klanten. Gerard vindt Julliets auto fantastisch, en hij heeft veel plezier als de auto over de hobbelige landwegen wegen danst.

De nieuwe, kleine inwoner in het huisje met de tuin groeit als kool. Julliets huisje met de moestuin is goed afgeschermd van het landgoed, en niemand van de boerderij is maar enigszins geïnteresseerd in wat zich in dat huis afspeelt. Hierdoor kan de kleine Gerard in alle rust opgroeien in een groene oase en een liefdevolle omgeving. Julliet neemt ruim de tijd om hem te leren lezen en schrijven, en neemt hem ook mee op de ritjes naar haar klanten. Gerard vindt Julliets auto fantastisch, en hij heeft veel plezier als de auto over de hobbelige landwegen danst.

Omdat Julliet steeds vaker onderweg is met het leveren aan een groeiend aantal restaurants, spreekt ze met Brigitte af dat die voortaan de verkoop op de vrijdagmarkt op zich zal nemen. Om aan de groeiende vraag te kunnen voldoen dijt de tuin rond het huisje steeds verder uit, wat ook betekent dat er steeds meer in de tuin gewerkt moet worden. Omdat er steeds meer producten uit de tuin komen, krijgen ze ook steeds meer klanten. En meer klanten betekent nog meer werk. Ze kunnen het met zijn tweetjes nauwelijks nog aan. De andere zijde van de medaille is dat ze zeer goed verdienen. Het leven wordt een tredmolen die steeds maar sneller gaat draaien, en nauwelijks tot rust komt.

Zomer 1979 blijkt Brigitte zwanger te zijn. Ze is in de derde maand. De arts vindt dat het voor Brigitte niet meer verantwoord is om zwaar werk in de tuin te doen.

Julliet en Brigitte spreken af dat ze het rustiger aan gaan doen. Voortaan zal Julliet alleen de tuin runnen en alleen aan de grotere restaurants leveren. Grote restaurants willen ook graag wat speciaals voor op hun menu. Daarom besluit Julliet nog meer soorten groentes en kruiden te telen. De kunst daarbij is steeds nieuwe en bijzondere gewassen te telen. Alle kleine klanten worden afstoten

Brigitte heeft geen zin om de hele tijd thuis te blijven zitten gedurende de zwangerschap. Samen richten ze de bestelauto zo in dat Brigitte iedere vrijdag direct vanuit de auto haar producten kan verkopen. De marktmeester stemt in met dit voorstel, en de komende vijf maanden pronkt de rode "Femmes Verts-auto" op de markt.

Ondertussen rijdt de vier jaar oude Gerard vaak mee naar Julliets klanten. Voor Julliet is het de enige oplossing omdat ze geen oppas heeft voor het kind. Gerard vindt het fantastisch om over de kleine hobbelige wegen van dorp naar dorp te rijden. Na enige tijd kennen de restauranthouders Gerard goed en wordt hij vaak verwend met zoetigheid, wat hem zeer goed bevalt. Voorjaar 1980 bevalt Brigitte van een dochter Silvie. Twee weken later neemt ze Silvie mee naar haar huisje. Hoewel Gerard vier jaar ouder is, speelt hij goed met de jonge baby, waarbij ze beiden grote pret hebben. Sinds die tijd neemt Brigitte vaker haar dochter mee. Gerard gaat met Silvie om alsof het zijn eigen zusje is. Brigitte nodigt Gerard af en toe uit bij hen voorbij te komen. Haar alibi is dat Silvie en Gerard zoveel pret hebben dat Gerard altijd bij hen mag spelen. Haar echte motief is Brigitte iets meer rust en tijd voor zichzelf te geven. Een vast ritueel is het zondagmiddag bezoek aan oma Stephanie. Stephanie is gek met haar kleinkind. Zodra Gerard binnen is, wordt hij verwend met snoep en kleine cadeautjes. Ze doet tal van spelletjes met het kind. Julliet is niet blij met de grote hoeveelheid zoetigheid die Gerard krijgt van haar moeder, maar het verbieden wil ze ook niet. Aan het eind van de middag lopen ze weer terug, waarbij Gerard een aantal keren de excessieve hoeveelheid verorberde snoep in de berm deponeert. Stephanie doet nog steeds de kookwas in de oude smederij. Ze wordt binnenkort 60, de pensioengerechtigde leeftijd. Een goed moment om het rustiger aan te gaan doen. Op een middag, als Gerard bij Brigitte speelt, bespreek Julliet de toekomst met Stephanie. Stephanie moet rustiger aan gaan doen. Ze heeft rugklachten van het zware tillen van de kookketel. Daarnaast moet hoogst noodzakelijk iets gedaan worden aan het huis. Het tocht aan alle kanten, de vensters gaan niet goed meer dicht en het dak lekt geregeld. Julliet stelt voor van de oude smederij een comfortabel huis te maken met twee slaapkamers, een woonkamer en een douche. Ze toont Stephanie de tekeningen die een architect voor Julliet heeft gemaakt. Stephanie is aangenaam verrast en is zeer dankbaar dat Julliet zich zo om haar bekommert. Tijdens de ombouw slaapt Stephanie in de kamer van Julliet, waarbij Julliet en Gerard in de woonkamer op matrassen slapen. De totale verbouwing duurt bijna een half jaar. Julliet is blij dat Stephanie eindelijk weer naar haar "nieuwe smederij" kan terugkeren. Stephanie bedoelt het vaak goed met haar ongevraagde adviezen over opvoeding, kleding en andere zaken. Maandenlang heeft ze zich moeten onthouden voor haar commentaren. Het is een bevrijding voor zowel Gerard als Julliet dat ze weer in haar eigen gerenoveerde huis gaat. Afgezien van een aantal meubels waaraan Stephanie zeer aan gehecht is, is de inrichting spiksplinternieuw. Stephanie is zeer blij met het huis. Ze snapt niet waar Julliet het geld vandaan heeft. Julliet vertelt dat er veel antieke spullen stonden in de smederij die veel geld opgeleverd hebben; een leugentje om bestwil omdat Julliet weet dat Stephanie moeite heeft om geld van Julliet aan te nemen.

Gerard groeit als kool. Zijn haar wordt steeds donkerder, zijn blanke huidskleur verdwijnt en daarvoor in de plaats komt een gezonde bruine tint. In augustus 1982 gaat Gerard voor het eerst naar de dorpsschool. De school is jaren geleden uitgebreid met een tweede lokaal om de groeiende leerlingenstroom op te kunnen nemen. De oudere leraar, die ook Julliet onderwezen heeft, neemt de drie hoogste klassen onder zijn hoede en een nieuwe jonge lerares krijgt de jongste klassen. Door zijn extraverte houding heeft Gerard snel contact met vele kinderen, en al snel speelt hij ook bij andere kinderen. Veel kinderen komen graag spelen bij het huisje van Julliet. De bosrijke omgeving onttrekt de blik van voorbijgangers, zodat ze alle ruimte hebben om te spelen, hutten te bouwen of in de beek te baden. Gerard gaat minstens eens per week bij zijn oma op bezoek waar hij uitgebreid verzorgd wordt met zoetigheid. Julliet vindt dit nog steeds niet goed. Ze vraagt haar moeder geregeld geen snoep meer aan Gerard te geven. Ze spreekt voor dovemans-oren. In 1982 komt ook de eerste televisie in het huisje, en daar wordt in de donkere dagen van het jaar veel tijd aan besteed

Drie jaar later mag Gerard naar de groep van de drie hoogste klassen. Hij is ondertussen doorgegroeid tot een hoogte en breedte waar de meeste kinderen respect voor hebben. Er zijn echter ook kinderen die afgunstig zijn om zijn grootte en sportieve talent. Het is een paar keer gebeurd dat zijn schriften zijn gejat, en één keer hebben een paar kinderen zijn boeken gejat en volgeklad met domme opmerkingen. Sinds die tijd houdt hij zijn schooltas goed in de gaten. Midden in de tachtiger jaren komen er steeds meer betaalbare thuiscomputers, van bedrijven als Atari, Commodore, en de dure machines van IBM. Snel daarna komen de eerste computerspelletjes, zoals het populaire spel Lemmings. Gerard, Jean Paul en Hubert zijn alle drie gefascineerd van deze apparaten. Jean Paul heeft thuis een echte IBM van zijn vader, en met zijn drieën zitten ze urenlang voor de monitor. Met de komst van steeds meer computergames, zijn ze nauwelijks van het beeldscherm weg te rukken. Julliet betreurt het dat Gerard steeds minder tijd thuis doorbrengt. Ze mist hem vaak als ze alleen is in haar huisje.

Op de vele ouderavonden wordt telkens gemeld dat Gerard een gemiddelde leerling is, wat vooral komt door zijn slordigheid en zijn slechte handschrift. Hij verveelt zich vaak en is snel afgeleid. Tijdens de lessen maakt hij vaak grapjes en wordt geregeld uit de klas gestuurd. In het laatste jaar heeft hij zijn best gedaan en krijgt hij een redelijk eindrapport, wat hem toegang geeft tot het Lycee. Na zes jaar zich behoorlijk verveeld te hebben, kijkt Gerard nu uit naar een serieuze studie. Van nature is Gerard erg leergierig en hij hoopt dat het Lycee hem voldoende prikkelt met nieuwe uitdagingen en informatie.

In juli 1988 is het wekenlang extreem heet, met temperaturen boven de 40 graden. Stephanie heeft het zwaar. Haar lichaam kan de warmte niet verdragen. Ze krijgt het steeds benauwder en slaapt nauwelijks meer. Julliet en Gerard zien dat Stephanie het steeds moeilijker heeft. Ze houdt echter hardnekkig vast dat het goed gaat met haar.

"Maak jullie geen zorgen, ik red het wel". Dat laatste blijkt niet de waarheid te zijn. Op een donderdagavond nadert langzaam een groot onweersfront. Voorafgaand aan dit front is de lucht stikkend heet en vochtig. Haar lichaam kan de zwoele warmte niet meer aan. Haar longfunctie wordt steeds minder en haar bewustzijn zakt langzaam weg tot het moment dat het overgaat naar haar eeuwige slaap. Julliet vindt haar de volgende middag. Een week later is Stephanie begraven, onder toezicht van de gehele gemeente. Als nalatenschap laat Stephanie een behoorlijk gevulde bankrekening na, die ze deelt met Gerard. Beiden betreuren het dat ze zo karig geleefd heeft en zich in haar leven zo weinig gegund heeft.

Na de zomervakantie van 1988, gaat Gerard met een nagelnieuwe fiets naar het Lycee in Gazères. Op zijn rug heeft hij een solide rugzak met daarin zijn studieboeken. Julliet wuift hem na. Ze is verdrietig omdat zij weet dat Gerard op het Lycee nog meer op zijn eigen benen zal staan en haar moederrol steeds kleiner zal worden. Zijn vrienden Jean Paul en Hubert zitten ook in dezelfde klas. Er sluiten zich nog twee jongens aan bij hun clubje: Denis en Frits. Als de schooltijd voorbij is, maken ze samen huiswerk, vaak op school, maar soms ook bij de ouders. Doordat ze elkaar goed helpen en uitdagen, hebben ze uitstekende cijfers. Omdat ze zoveel samen doen, komt Gerard vaak laat in de avond thuis. Hierdoor voelt Julliet zich nog eenzamer. Ze moet iets nieuws gaan ondernemen waar ze haar tanden in kan bijten. Julliet besluit een volgende stap met het bedrijf maken, en heeft Brigitte nodig voor de creatieve ideeën. Ze nodigt Brigitte uit om een ochtend lang te "brainstormen" over de toekomst van hun bedrijf Deux Femmes Verts. Julliet vertelt Brigitte dat ze nu meer tijd heeft en dat ze hun bedrijf verder wil laten groeien. Er komen steeds meer restaurants die graag iets speciaals op het menu willen hebben. Ze leveren nu wat zij zelf produceren in de tuin. Maar wat zou er gebeuren als zij een bedrijf kunnen kopen dat niet alleen een tuin heeft, maar ook kassen, en meerdere medewerkers. Gerard zoekt met zijn computer en vindt bedrijven die aan het bedrijfsprofiel voldoen dat Julliet en Brigitte hebben opgesteld. Beide dames zijn verbaasd dat het zo gemakkelijk is informatie over bedrijven te krijgen. Een bedrijf dat hen interesseert ligt een paar kilometer ten westen van Gazeres. Het blijkt te koop te zijn, en daarom maakt Julliet een afspraak met de eigenaar om het bedrijf te bezichtigen. Een week later staan ze voor een relatief klein kassencomplex. De eigenaar heet ze hartelijk welkom en brengt ze naar zijn kantoor. Hij vertelt dat hij vorig jaar een hartaanval heeft gehad. Hij is daar redelijk goed doorheen gekomen. Zijn hartaanval was de noodzakelijke alarmklok om het voortaan rustiger aan te gaan doen, en daarom heeft hij besloten het gehele bedrijf te verkopen om daarna te gaan genieten van zijn pensioen. De prijs van het bedrijf is 1 miljoen francs, een aanzienlijk bedrag dat Julliet niet op haar bankrekening heeft staan. Daarom gaat ze naar de bank voor een financiering. Als voorbereiding op het gesprek heeft ze een businessplan gemaakt. In dat businessplan staat beschreven welke producten de komende vijf jaren geproduceerd zullen worden, en er worden ook de afzetprognoses beschreven. De calculaties van de bank, onder meer gebaseerd op de continue groei van het bedrijf, geven aan dat er met een gering risico voldoende winst te behalen is met meer leverdiensten voor restaurants. Met de aankoop van het bedrijf kunnen ze veel meer horecabedrijven in de regio bedienen. In het geval de afzet bij de horeca stagneert, kunnen ze altijd nog hun producten op meerdere markten verkopen. Maar daarvoor hebben ze dan wel meer personeel nodig. De bank is bereid, op basis van het businessplan, het bedrijf te financieren, met de voorwaarde dat er ook een significante bijdrage komt van directie van het bedrijf. Julliet heeft de afgelopen jaren goed verdiend en nauwelijks geld voor zichzelf uitgegeven. Daardoor heeft ze een behoorlijk groot kapitaal gespaard. Een groot deel van haar kapitaal zal zij in de overname steken. Daarmee neemt de bank genoegen. Twee dagen later zitten ze aan tafel met de bedrijfsleider en zijn assistent, en een accountant. Samen nemen ze de boeken door, en de teeltplannen. Het bedrijf produceert voornamelijk pootgoed voor boeren, en planten voor tuincentra. Ze hebben weinig ervaring met exotische groenten en kruiden. Volgens de bedrijfsleider is de grond goed genoeg voor deze producten. Hij stelt voor alvast een teeltplan te maken voor het komende jaar, gebaseerd op de wensen van Julliet en Brigitte. Een week later zitten ze weer aan tafel met de bedrijfsleider en de eigenaar. De bedrijfsleider heeft een uitgebreid plan opgesteld om de gewenste producten te kunnen produceren. Zijn plan is een stapsgewijze verandering van producten die ze nu produceren naar de producten van Deux Femmes Verts. Julliet en Brigitte hebben een goed gevoel over de kennis en kunde van de bedrijfsleider en zijn assistent. Julliet besluit ter plaatse het bedrijf direct over te nemen. Ze wil heel graag dat Brigitte partner in dit bedrijf wordt en biedt haar 10% van het bedrijf aan. Brigitte wordt hier verlegen van. Ze weet niet goed hoe ze hiermee om moet gaan. Ze is het creatieve talent van het bedrijf, en is minder geïnteresseerd in het zakelijke aspect. Uiteindelijk neemt ze het aanbod van Julliet aan. Ze zien beiden het voordeel van de overname. Ze kunnen zich nu meer focussen op de marketing en verkoop. Ze besluiten dat Brigitte de marketing gaat doen en Julliet de verkoop. Brigitte vindt ook dat het commerciële deel van het bedrijf vrouwelijk moet blijven. Het bedrijf moet meer vrouwen een mogelijkheid geven een zelfstandig inkomen te krijgen en ook meer mogelijkheden bieden om zich verder te kunnen ontplooien. Julliet is het hier helemaal mee eens.

Om de koop van het bedrijf bekend te maken bij het personeel, hebben ze de volgende vrijdagmiddag iedereen uitgenodigd in de grote kas. Doel is een kennismaking met de nieuwe eigenaars en het presenteren van hun plannen voor de toekomst. Om de overname iets feestelijks te geven, hebben ze snacks en verschillende dranken opgesteld in de kas. Van de twaalf medewerkers is maar één die afgezegd heeft. Julliet en Brigitte maken eerst een voorstelrondje, en presenteren daarna hun plannen. Hun nieuwe bedrijf Femmes Verts is een bedrijf van vrouwen met vrouwen. Dat neemt niet weg dat de productie ook door mannen gedaan kan worden. De verkoop zal geheel door het moederbedrijf Femmes Verts gedaan worden. Ze merken dat niet iedereen gelukkig is met deze veranderingen. Een paar mannelijke medewerkers dreigen ontslag te nemen omdat ze niet onder vrouwen willen werken. Deze vrouwonvriendelijke houding is een reden voor ontslag en wordt aan de kantonrechter voorgelegd. Binnen een week hebben de twee medewerkers hun oneervolle ontslag op de deurmat liggen. Al snel melden zich een paar jongere tuinders met groene vingers, die zeer gemotiveerd zijn om voor het bedrijf te werken. Beiden worden direct aangenomen. Brigitte stelt voor hun commerciële tak van het bedrijf ook te veranderen van Deux Femmes Verts naar Femmes Verts. Het eerste commerciële vrouwenbedrijf in Zuid-Frankrijk. De overname wordt opgemerkt door diverse journalisten en binnen enkele dagen wordt het bedrijf uitgebreid besproken op tv, in de kranten en weekbladen. Brigitte en Julliet worden om de haverklap door journalisten geïnterviewd, en twee keer worden ze voor een tv-uitzending uitgenodigd. Deze media-aandacht leidt af van het werk dat ze moeten doen: vrouwelijke medewerkers aannemen, opleiden, nieuwe contacten aanboren en nieuwe stands op weekmarkten bemannen, et cetera. Ze krijgen postzakken vol met brieven van voornamelijk vrouwen, uit het hele land. Velen willen helpen met hun bedrijf en/of sturen hun felicitaties. Julliet laat Gerard en zijn vrienden de serieuzere post sorteren, met name de post van bedrijven die geïnteresseerd zijn om de producten van Femmes Verts te kopen. Er zijn een paar marketingcommunicatie bedrijven die een gratis marketingcampagne aanbieden, wat zeer goed van pas komt. Meerdere mensen bieden hun hulp aan voor het ondersteunen van het bedrijf. De eerste drie weken is het een gekkenhuis, waar de telefoon de gehele dag rinkelt. Het bedrijf Femmes Verts staat op de kaart. Na enige tijd wordt het weer rustiger en het aantal telefoontjes en post neemt gestaag af. Eindelijk kunnen ze zich weer op hun bedrijf gaan focussen. De eerste nieuwe producten van hun teeltbedrijf worden geoogst, genoeg om te verkopen op drie weekmarkten en voor de levering aan vele restaurants. Er worden drie vacatures uitgeschreven voor parttime werk die al snel bezet zijn. Daarna kopen ze nog twee rode bestelauto's voorzien van hun logo, voor deze medewerksters. Hun kassenbedrijf breidt het assortiment steeds verder uit en na enige maanden moet de verkoop weer verder worden uitgebreid met drie nieuwe medewerkers. Zowel voor de verkoop als de administratie en boekhouding wordt opnieuw het wagenpark uitgebreid met drie rode bestelauto's. De nieuwe producten vallen goed in de smaak. Mede doordat er nog steeds media-aandacht is voor het bedrijf, neemt ook de clientèle steeds verder toe. Het begint een soort rat race te worden om de markten steeds sneller te bedienen.

Na een jaar hebben ze een vaste klantenkring van meer dan honderd klanten rond Gazeres, waarvan sommigen dagelijks worden beleverd. Daarnaast staan ze op vijftien weekmarkten. Daarvoor heeft het bedrijf nu vierendertig medewerkers en een aanzienlijk autopark van kleine rode bestelauto's. Ze beginnen langzamerhand aan de grenzen van hun groei te komen. Hun huidige klanten liggen allen binnen een straal van 30 kilometer. Langere afstanden hebben weinig zin, omdat hun producten na meer dan een uur in de auto snel kunnen gaan rotten, zeker in de zomer. De grenzen van het bedrijf zijn bereikt. Julliet en Brigitte krijgen dagelijks vele brieven van vrouwen uit alle hoeken van zuidelijk Frankrijk die mee willen werken met Femmes Verts. Sommigen zijn zelfs ook bereid voor Femmes Verts te werken, als daar geen vergoeding tegenover staat. Julliet en Brigitte willen de enthousiaste houding van de vrouwen over het bedrijf niet teleurstellen en daarom zoeken ze naar een mogelijkheid om meer vrouwen in het bedrijf aan het werk te stellen.

Ze weten alleen nog niet hoe. De oplossing komt van een wat ouder paar uit Toulouse. Ze hebben een transporton- derneming met diverse opslagplaatsen, waaronder een paar koelhuizen. Ze staan op het punt het hele bedrijf te verkopen, omdat ze geen nazaten hebben die het be- drijf kunnen overnemen. Ze bieden Femmes Verts aan om voor niets de twee koelhuizen over te nemen, één aan de rand van Toulouse en één bij Pamiers, oostelijk van Gazeres. Beide locaties zijn ideaal voor het bedrijf Femmes Verts. De producten kunnen dan binnen een uur naar de koelhuizen gebracht worden en van daaruit direct naar gebruikers gestuurd worden.

Omdat de ontwikkeling van het bedrijf Femmes Verts razend snel gaat, geven Julliet en Brigitte een persconfe- rentie die zowel in de geschreven media als op tv uitgebreid wordt besproken. Door deze aandacht neemt het aantal vrouwen dat mee wil werken aan het bedrijf gestaag toe. Nieuwe vacatures worden snel bezet. Het "rode-bestelau- to-wagenpark" breidt zich steeds verder uit, en er dreigt zelfs een schaarste van rode Renault bestelauto's. De vader van Bernadet doet zijn uiterste best om overal uit het land rode bestelauto's te krijgen en in zijn werkplaats worden diverse auto's overgespoten naar rood. Om de groei te laten doorzetten wordt het teeltbedrijf aanzienlijk uitgebreid. Dagelijks worden de verste producten naar de koelhuizen, restaurants en weekmarkten gebracht. Het bedrijf werkt als een goed geoliede machine die steeds harder gaat draaien. Koelauto's halen nu iedere maandag- en woensdagochtend de producten van de tuinderij, en brengen ze naar de twee koelhuizen. Van daaruit worden de producten naar veel restaurants gebracht. Na twee jaar is het bedrijf gegroeid tot een florissante onderneming met veertig vaste medewerkers en parttimers. Ze hebben een uitstekende balans in hun kasboek.

In die twee jaar hebben Julliet en Brigitte nauwelijks rust gehad. Ze zijn trots op wat ze bereikt hebben, maar de rek is er echt helemaal uit. Ze hebben tijd nodig om weer op adem te komen. Om hun werklast te verminderen, nemen ze een ervaren nieuwe bedrijfsleidster aan, die het dagelijkse management gaat voeren. Brigitte gaat daadwerkelijk minder werken. Ze wil zich alleen nog met de marketing bezighouden op een parttime basis. Julliet probeert dat ook. Zij voelt echter de verantwoordelijkheid die op haar schouders rust. Ze heeft moeite om de zaken uit handen te geven, ook al weet ze dat ze een goede bedrijfsleidster en zeer gemotiveerd personeel hebben. Ze buffelt verder, en heeft nog steeds veel moeite de touwtjes uit handen te geven. Ze weet dat ze meer moet delegeren in de steeds verdere groeiende organisatie, maar ze kan het niet en heeft daar veel moeite mee. Voor Gerard is dit niet zijn beste tijd. Hij mist geregeld zijn moeder, en compenseert dat door vele hechte vriendschappen te maken. Hij heeft vrienden nodig die hem ondersteunen, en die heeft hij gevonden. Ze vormen een hechte vriendenkring en doen heel veel samen. Als hij in het derde jaar van het Lycee zit, wordt hij verliefd op een meisje uit het tweede jaar. Ze hebben "geheime ontmoetingen", meestal aan het begin van de avond, en zijn straalverliefd op elkaar. Gerard durft dit niet aan Julliet te vertellen, want 's avonds zit Julliet afgepeigerd op de bank voor de televisie. Geregeld zit ze urenlang apathisch op de bank, terwijl ze maar weinig van de tv-programma's meekrijgt. Hij ziet dat het niet goed met Julliet gaat, maar hij wil haar niet belasten met zijn zorgen. Soms gaat hij naast

Julliet zitten en kijken ze samen een klein uurtje tv, waarbij ze korte gesprekken hebben over hetgeen ze gezien hebben. Meestal kruipt Gerard rond tien uur in zijn bed. Geregeld werkt Julliet tot laat op de avond en maakt dan nog de werkplannen voor de medewerkers, wat eigenlijk de taak is van de bedrijfsleidster. De zomer van 1991 hebben Juliet en Gerard de eerste keer van hun leven een "echte vakantie" geboekt van twee weken in een vakantiehuisje aan de Middellandse Zee bij het oude stadje Agde. Ze lopen langs het strand, zitten urenlang op een terras, bekijken de bezienswaardigheden en genieten van het weer en de natuur. Het valt Gerard op dat Julliet tijdens het lopen behoorlijk kortademig is. Als ze langere stukken lopen, moet Julliet een pauze nemen. Ze hoest regelmatig, vooral als ze in bed ligt. Het valt hem ook op dat ze behoorlijk wat gewicht verloren heeft. Hij vraagt haar een aantal keren hoe het met haar gaat en zegt geregeld dat hij ongerust is over haar gezondheid. Haar enige antwoord is dat dit hoort bij het ouder worden. Hij moet zich vooral geen zorgen maken. Op deze manier is het onmogelijk voor Gerard een goede dialoog over Julliets gezondheid te hebben. Als de vakantie voorbij is, gaat Julliet verder in het drukke stramien dat ze al jaren volgt. Vanaf oktober hoort Gerard Julliet meer en meer hoesten vanuit haar slaapkamer en overdag heeft ze het geregeld benauwd. Gerard probeert haar nogmaals te overtuigen dat ze naar een arts moet, maar ze houdt halsstarrig vast dat het goed met haar gaat. Na de jaarwisseling van 1991-1992 wordt het koud. Wekenlang vriest het hard. Julliet hoest meer en meer, en in de prullenbak vindt hij geregeld tissues waar bloed op zit. Hij weet dat ze stoer is en niet wil toegeven aan haar lichamelijke kwalen. Hij probeert nogmaals met Julliet te praten over haar gezondheid. Ze wordt boos en sluit zich op in haar slaapkamer. Vier dagen later vindt hij haar op de vloer van de eetkamer, buiten bewustzijn en met bloed op haar mond. Ze ademt nog nauwelijks. Gerard belt gelijk de vader van Jean Paul die arts is. Hij vertelt wat er aan de hand is en direct wordt alles in het werk gesteld om Julliet zo snel mogelijk naar het ziekenhuis te brengen. Daar wordt vastgesteld dat ze een zeer ernstige longembolie heeft. Ze krijgt verschillende typen medicijnen, maar die slaan niet aan. Een dag later vertelt de arts aan Gerard dat ze weinig meer kunnen doen om het leven van zijn moeder te redden. Ieder dag gaat hij na school naar het ziekenhuis, en iedere keer als hij 's avonds afscheid neemt, ziet hij hoe haar lichaam en geest steeds verder aftakelen. Na acht dagen is ze nog nauwelijks bij bewustzijn en herkent ze Gerard niet meer. Twee dagen later sterft zij in het ziekenhuis in Gerards aanwezigheid. Gerard huilt boven zinnen en voel zicht machteloos en hulpeloos. Jean Paul en zijn vader zijn op de hoogte gesteld door het ziekenhuis en treffen daar een volledig van de kaart zijnde Gerard. Hij komt nauwelijks uit zijn woorden en heeft geen benul meer van de tijd en de omgeving. Wanhopig kijkt hij Jean-Pier en zijn vader aan en is niet in staat tot enige communicatie. Als Gerard weer een beetje bij zinnen is, nemen Jean-Pier en zijn vader hem mee naar hun huis. Jean Pier's moeder Marie heeft al een slaapkamer voor hem ingericht. Na een onrustige nacht wordt Gerard door Marie gewekt en uitgenodigd voor het ontbijt. Hij krijgt nauwelijks een hap door zijn keel. Hij is nog steeds behoorlijk verward en zeer emotioneel, en laat zich moeilijk troosten. Eerst moet hij de tijd nemen zijn emoties een plaats te geven. Als Jean Pier en zijn vader vertrekken, zitten Marie en Gerard nog lang en zwijgend aan de ontbijttafel. Door de rust die dit geeft, krijgt Gerard wat meer lucht in zijn kop. Hij zal afscheid moeten nemen van Julliet. Zij heeft die alles voor hem betekend heeft en gedaan. Daarom doet het afscheid zo ongelofelijk pijn. Marie ziet telkens de tranen in de ogen van Gerard schieten. Ze legt haar arm om hem heen, wat Gerard een beetje rust en troost biedt. Aan het eind van de ochtend komt de begrafenisondernemer voorbij om alle formaliteiten door te nemen en afspraken te maken over de afscheidsdienst en de keuze van het graf. Er moet nog heel veel geregeld worden: de aangifte van overlijden, de rouwkaarten, de plaats van de dienst, de datum, et cetera. Omdat Julliet veel mensen gekend heeft, wordt besloten om de rouwdienst te houden in de Eglise Notre Dame van Gazeres, waar de mis de volgende zaterdagmiddag zal plaatsvinden. Als de begrafenisondernemer vetrokken is, gaan Marie en Gerard naar het gemeentehuis om aangifte te doen van het overlijden. Een ambtenaar neemt het document in ontvangst. Hij loopt naar een grote roestige kast met metalen hangmappen waar alle dossiers van de inwoners staan, geordend naar de volgorde van het alfabet. De man neemt de map van Julliet uit de kast en doet het document erbij. Hij vraagt of er aanverwanten zijn. Gerard vertelt dat hij het enige kind van Julliet is. De man loopt het dossier van Julliet nog eens door en zoekt vervolgens het dossier van Gerard. Dit blijkt niet aanwezig te zijn, wat wel vaker gebeurt. Hij neemt afscheid en belooft dat hij contact opneemt als hij het dossier van Gerard weer gevonden heeft. Vervolgens gaan ze naar de notaris om de erfkwestie te bespreken. Uit haar testament blijkt dat Julliet een jaar geleden haar testamant heeft laten opmaken. Dit verbaast Gerard. Blijkbaar heeft zij het al eerder zien aankomen dat haar gezondheid slechter werd. Dat had hij niet verwacht. De notaris opent het testament en leest het voor. Gerard erft het vakantiehuisje, wat voorheen de smederij was, en het huis met de kruidentuin en het bijbehorende grondstuk. In haar testament is beschreven hoe haar verdere vermogen verdeeld wordt. Een groot deel bestaat uit eigendomscertificaten van Femmes Verts. Zij heeft bepaald dat dit vermogen in een stichting zal gaan. De stichting zal het werk van Femmes Verts financieel ondersteunen. Er is geld voor de ondersteuning van beginnende vrouwelijke ondernemers en voor het verminderen van geweld tegen vrouwen. De rest van het geld gaat naar Gerard. Als de notaris de bedragen voorleest, schrikken Gerard en Marie van het bedrag van meer dan een miljoen dat ze heeft gespaard voor Gerard. Julliet heeft altijd zuinig geleefd. Gerard had er geen idee van dat ze vele jaren lang haar geld heeft opgepot voor Gerard. Aan het eind van de dag lijkt alles geregeld, en dat geeft Gerard weer een beetje meer lucht. 's Avonds zit hij met de hele familie aan een uitgebreid diner. Gerard voelt zich goed opgenomen door de familie. Aan het eind van het eten vragen de beide ouders of Gerard tot en met de begrafenis bij hen wil blijven, en daarmee stemt Gerard volmondig mee in. Hij is heel blij dat hij in deze moeilijke tijd deze mensen om zich heen heeft.

De volgende dag zijn Marie en Gerard de hele dag onderweg om alles te regelen voor de begrafenis; de lijst van genodigden, de kaarten, de datum en het tijdstip van de uitvaartdienst. Voor de inhoud van de mis wordt een afspraak gemaakt voor een uitgebreid gesprek met de pastoor en de kapelaan over de inhoud van de dienst. Donderdag morgen nemen ze de hele loop van de mis door. Marie en Gerard besluiten er een rustige namiddag van te maken. Om vier uur wordt aan de deur gebeld. Twee forse agenten staan voor de deur met een aanhoudingsbevel voor Gerard. Ze laten het document aan Marie en Gerard zien. Daarin staat dat Gerard in voorlopige hechtenis wordt genomen. Marie trekt bleek weg, en raakt geïrriteerd door het onzinnige optreden van de agenten. Ze verklaart dat Gerard zojuist zijn moeder verloren heeft, en dat er geen enkele reden kan zijn om dit kind nu achter slot en grendel te doen. De agenten wachten tot de tirade van Marie ten einde is. Ze melden dat de magistraat heeft besloten Gerard in voorlopige hechtenis te nemen. Als ze het daar niet mee eens zijn, dan kunnen ze hun beklag doen bij de magistraat. Gerard wordt vervolgens hardhandig uit het huis gesleurd en in de handboeien gedaan.

Marie en haar man hebben, door hun lidmaatschap van de Rotary Club, een goed netwerk in Gazares en haar omgeving. Snel belt Marie een zeer ervaren jurist, die er gelijk werk van maakt. Na een uur belt hij terug. Er is geen geboorteakte gevonden van Gerard in het archief van de gemeente. Dit kan zeer goed een slordigheid van de gemeente zijn. Omdat Gerard niet geregistreerd is, kan er formeel een risico zijn tot vluchten waarbij hij in de anonimiteit kan verdwijnen, hetgeen ook gebeurt bij asielzoekers. Natuurlijk is dit volgens de jurist een onzinnig verhaal voor een jongen die zijn hele leven met zijn moeder heeft geleefd. De ambtenaar stemt in dat

Gerard voorlopig bij de familie Piquard mag verblijven. Een dag later wordt de "casus Gerard" voorgelegd aan het kantongerecht. De jurist gaat ervan uit dat Gerard daarna snel weer naar huis kan. Tijdens de rechtszaak blijkt echter dat er veel meer zaken missen in Gerard's dossier. Hij staat niet ingeschreven op het woonadres van Julliet, niet bij de gemeentelijke sociale instellingen en ook niet bij een huisarts. Blijkbaar is Gerard altijd nooit ziek geweest. Daarom gaan ze er gevoeglijk van uit dat dit betekent dat Gerard nooit ingeënt is en geen enkele opleiding gevolgd heeft. De advocaat raadt de ambtenaren aan de onderwijsdossiers van de basisschool en het Lycee door te nemen, die voldoende informatie bevatten om Gerards schoolcarrière te bevestigen. De jurist stelt ook dat er grove administratieve fouten bij de gemeente gemaakt zijn, wat twijfel oproept over de kwaliteit van de dossiers. Hij noemt dit een brevet van onvermogen van de gemeente, en eist binnen 24 uur een steekhoudende verklaring van de gemeente. De magistraat eist dat deze opmerking uit de notulen direct geschrapt worden, wat een directe schending is van het Franse recht, dat bepaalt dat het volledige protocol altijd vastgelegd moet worden.

Ook tijdens de rechtszaak neemt de magistraat geen genoegen met de verklaringen van de jurist, en interrumpeert zijn pleidooien continu, wat de tweede rechterlijke dwaling is. De magistraat stelt verder dat er geen enkel document is dat aantoont dat Gerard een kind of geadopteerd kind is van Julliet. De jurist stelt daarom voor een DNA-onderzoek te doen voor het bepalen van de verwantschap tussen de Julliet en Gerard. Julliet is het hier niet mee eens.

De magistraat geeft de opdracht van de arts van de afdeling criminologie om op korte termijn bij de verstorvene en Gerard bloedmonsters af te nemen om de genetische relatie tussen ouder en kind vast te stellen. Hij stelt dat Gerard in voorlopige hechtenis moet worden genomen tot de uitkomst van het DNA-onderzoek binnen is, wat ongeveer 14 dagen kan duren. De jurist is woedend over dit besluit. Hij ziet geen enkele reden voor detineren van Gerard. Daarnaast eist hij dat Gerard in alle vrijheid aan het afscheid van zijn gestorven moeder mag deelnemen. Dit mag een kind niet ontnomen worden! Hij eindigt met een vlammend betoog waarin hij de ernstige consequenties van de drie juridische dwalingen aan de kaak stelt en eist dat het protocol van de zitting binnen 24 uur op zijn bureau moet liggen. Mocht dit niet op tijd in zijn bezit zijn, dan dreigt een klacht bij het hooggerechtshof in Toulouse. De magistraat is hiervan niet onder de indruk. Hij verklaart de genoemde klacht als niet-ontvankelijk, wat juridisch gezien zeer aanvechtbaar is. De jurist ziet geen heil in het indienen van verdere klachten over het verloop van het proces. De zitting wordt beëindigd. Direct na de zitting wordt Gerard in de handboeien geslagen en afgevoerd naar één van de cellen. Als Gerard bij de betraliede cel aankomt, blijken daar al twee oudere mannen te zijn. De cel is voorzien van vier stalen bedden die aan de vloer zijn bevestigd, wat beddengoed, een stalen tafel met vier stoelen en tot slot een stalen toilet, waarop men "en plein public" kan urineren en zijn darmen legen. De moed zakt hem compleet in de schoenen. Er komt een apathische, vochtige blik in zijn ogen, en hij heeft het gevoel dat hij alles verloren heeft en geen greep meer heeft op zichzelf en zijn omgeving. Het ergste vindt hij dat hij zijn moeder een mooi en liefdevol afscheid wil geven, wat onder deze omstandigheden niet mogelijk is. Deze gedachte maakt hem nog wanhopiger. Hij komt langzaam maar zeker in een katatone toestand waarbij hij geen notie meer heeft van zijn omgeving. Zijn mede-cel bewoners zien dit gebeuren, en roepen een cipier. Het duurt even voor er iemand komt. Hij kijkt kort naar de jongen, constateert dat hij nog leeft. Hij vraagt de twee jongens goed op Gerard te passen en sjokt weer weg. Ze doen hun best om Gerard te helpen, maar ze krijgen geen toegang tot hem. Daarom leggen ze hem in een bed en houden hem in de gaten. De volgende ochtend wordt Gerard vroeg wakker en hij voelt zich nog steeds gebroken. Zijn katatone toestand is nu iets minder en hij toont enige interesse voor zijn omgeving. Hij vermijdt echter iedere vorm van communicatie en weigert zelfs te eten of te drinken. Marie komt tien uur op bezoek, waarbij ze de cel niet betreden mag. Ze ziet een uitgeputte apathisch-neurotische jongen achter de tralies, een schaduw van de eens zo vrolijke tiener. Ze spreekt met hem. Gerard komt moeilijk uit zijn woorden. Hij weet het niet meer, en begrijpt het niet meer en verzandt dan weer in zijn apathie. Opnieuw wordt het Rotary-netwerk opgetrommeld. De magistraat krijgt een uitgebreide aanklacht voor vrijheidsberoving en het Hof van Justitie in Toulouse krijgt een uitgebreide aanklacht over de magistraat, die niet gehandeld heeft naar het Franse recht en het mensenrecht. De klacht wordt na enige dagen aangenomen, met een rechts termijn van zes weken. Helaas zijn Franse rechtszaken langdurig en stroperig, en dat geldt ook voor het in vrijheid stellen van onschuldige mensen. Met behulp van de juristen wordt afgedwongen dat Gerard bij de uitvaartdienst mag zijn. De magistraat eist wel dat Gerard alleen bij de mis kan zijn als hij geboeid en door twee agenten wordt begeleid. De zaterdag van de uitvaart wordt Gerard al vroeg door twee agenten in de handboeien geslagen en naar de kerk gebracht. Ze gaan op de voorste rij zitten in de nog lege kerk. Gerard vraagt of zijn handboeien kunnen worden afgedaan, want het doet behoorlijk pijn aan zijn polsen. Het wordt geweigerd. Na enige tijd begint de kerk langzaam vol te lopen. De bezoekers schrikken van de man op de eerste rij, die geboeid tussen twee agenten zit. Velen herkennen de bleke, onverzorgde man met holle ogen en een afwezige blik niet direct. Ze zijn geschokt als ze Gerard herkennen in de slecht uitziende en afgepeigerde persoon. Diverse bezoekers speculeren dat Gerard geketend is omdat hij verantwoordelijk is voor de dood van zijn moeder. Er worden daarom diverse boze blikken op hem gericht. Om tien uur is de kerk afgeladen vol met bekenden, klanten, marktkooplui, medewerkers en vrienden van Julliet, en mensen van de pers. Normaal wordt de afscheidsdienst geopend door de pastoor. Het verrast iedereen dat de vader van Jean Pier als eerste het woord neemt. Hij verklaart dat de geboeide toestand van Gerard, de zoon van Julliet, het gevolg is van een rechterlijke dwaling van de magistraat en het justitieel apparaat. "Gerard, die hier gebroken voor mij zit, is het slachtoffer van de dood van Julliet. Julliet is gestorven aan haar gedrevenheid voor een organisatie die vrouwen een gelijkwaardige plaats geeft in de door mannen gedreven maatschappij. Zij heeft bergen verzet om dit te realiseren, waarbij ze vooral oog voor anderen had, maar te weinig voor zichzelf. Ze heeft een last opgepakt, die uiteindelijk een te zware last bleek te zijn". Na deze woorden kijkt hij naar Gerard en de twee agenten en begint ze toe te spreken. "Door administratieve dwalingen heeft de politie besloten Gerard's vrijheid weg te nemen. Samen met een aantal zeer ervaren juristen hebben wij de directe invrijheidsstelling geëist. Helaas duren justitiële processen erg lang en wordt het treurende kind door bureaucratische protocollen van zijn vrijheid beroofd. Het is een schande dat in dit land een onschuldig persoon geen waardig afscheid van zijn moeder kan nemen. "Wij vragen u om aan het eind van de dienst uw respect aan de verweesde zoon Gerard te tonen die ieders hulp in deze moeilijke tijden kan gebruiken." Daarna begint de ceremoniële, katholieke afscheidsdienst. Na de dienst gaat de stoet achter de dragers met de kist naar de begraafplaats. Vooraan loopt Gerard, geketend, totaal apathisch als een zombie, met de stoet mee. Hij heeft geen emoties en gedachten meer. Hij laat zich bewegen door de mensenstroom. Na de dienst wordt Gerard weer opgesloten in zijn cel waar hij weer dezelfde mannen treft. Hij gaat op zijn bed liggen en staart urenlang afwezig naar het plafond. Zijn geestelijke en fysieke gezondheid neemt de volgende dag steeds verder af. Het is niet meer mogelijk contact met hem te hebben en hij weigert te eten en te drinken. Omdat de situatie nu kritischer begint te worden, wordt hij geboeid in een politieauto gestopt en naar een kliniek gebracht. Als Marie en Jean Pier zich eind van de middag bij het politiekantoor melden, wordt door een jonge agent medegedeeld dat Gerard is overgebracht naar een kliniek, maar van zijn leidinggevende mag hij geen verdere informatie geven. De leidinggevende is momenteel bij een belangrijke vergadering in Toulouse en mag daarom niet gestoord worden. De daaropvolgende dag is Gerard het object van een schimmig en agressief juridisch gevecht tussen de juristen en het gerechtshof in Toulouse. Het gaat hier niet over een menselijke oplossing, maar over de trots en eer van de magistraat en arrogante juristen van het gerecht, die hun te hoge ego niet willen laten kwetsen. Al die tijd wordt geweigerd de locatie en de toestand van Gerard vrij te geven. Twee dagen later gaat er een aangetekende aanklacht van Gerards juristen naar de Hoge Raad in Parijs. Binnen een dag komt de voorlopige beslissing van de Hoge Raad, waarin staat dat de locatie en toestand van Gerard zo snel mogelijk en ten minste binnen een periode van twaalf uur, moet worden gemeld aan de juristen. De volgende ochtend wordt de informatie per koerier afgeven bij het advocatenkantoor. Pier Jean en de andere juristen worden direct uitgenodigd voor een spoed bespreking over beslissingen van de Hoge Raad. De Hoge Raad heeft alle klachten als ontvankelijk verklaard. Ze hebben ermee ingestemd dat het verblijf en de toestand van Gerard per direct gemeld moet worden. Kort daarop komt er een telefoontje vanuit het politiekantoor met de locatie van Gerard. Binnen twee uur staat de hele groep op de stoep van een kleine psychiatrische kliniek ten westen Toulouse. Ze tonen de documenten van de Hoge Raad en krijgen gelijk toegang tot de kliniek waar ze direct naar Gerard worden geleid. Ze treffen Gerard in een totaal afwezige toestand. Hij heeft een sterk verminderd bewustzijn en reageert niet op signalen van de buitenwereld. Hij zit bewegingsloos. Ze schudden hem krachtig. Gerard opent even zijn ogen om kort daarna weer weg te vallen. Pier Jean herkent Gerards toestand als een "stupor". Een stupor is over het algemeen het gevolg van een zeer ernstige depressie. Tot overmaat van ramp zijn er kalmeringsmiddelen toegediend wat deze situatie nog ernstiger maakt. Volgens Pier Jean kan deze medische fout tot orgaanuitval en zelfs tot de dood leiden. Er moet nu zeer snel gehandeld worden. Pier Jean bestelt een ambulance om Gerard direct naar het ziekenhuis in Toulouse te vervoeren. De ambulance staat vijftien minuten later voor de poort. Pier Jean rijdt met volle snelheid achter de ambulance aan. Aangekomen bij het ziekenhuis wordt direct een maagspoeling gedaan om de effecten van de toegediende middelen te verminderen. Daarna wordt Gerard op een crisisstation gelegd waar infusen worden aangebracht en apparatuur voor de bewaking van de fysieke en mentale toestand.

Ondertussen zijn de juristen begonnen met het ondervragen van het personeel en het verzamelen van kopieën van de diagnoses, medische verslagen en de behandelplannen. Het personeel werkt goed mee. De leiding van de instelling probeert hun straatje schoon te vegen door de verantwoordelijkheid bij het personeel te leggen, wat achteraf zal leiden tot het oneervol ontslag van de staf en het sluiten van de kliniek. In het ziekenhuis duurt het meerdere dagen voor Gerard weer enigszins bij zijn positieven is. Daarna heeft hij nog vele weken psychotherapie, enerzijds om traumatische ervaringen een plaats te geven, en anderzijds om de depressieve gedachten te verminderen. Ze helpen hem ook aan alle kanten om een nieuw toekomstperspectief op te bouwen. Terwijl Gerard herstellende is, komen ook de resultaten van het genetisch onderzoek binnen. Tot ieders verbazing blijkt dat Gerard niet een kind van Julliet is. Het nieuws komt helaas ook bij de pers, en er wordt door velen zwaar gespeculeerd hoe dit mogelijk is geweest. Het bericht leidt tot een zware terugval van Gerards mentale en fysieke toestand, waardoor hij nog langer behandeld moet worden. Tijdens de rechtszaken die gevoerd zullen worden, blijkt dat de magistraat de informatie over Gerards genetische relatie met Julliet naar de pers heeft gelekt. Na zijn oneervolle ontslag, wordt hij gedagvaard voor dit vergrijp en een lijst van andere vergrijpen. Na de rechtszitting krijgt hij een gedwongen vierjarig verblijf in een penitentiaire inrichting. Hij mag daarna geen enkele juridische positie meer bekleden.

HOOFDSTUK 8:

De verloren zoon komt terug in het Hollandse nest

Na drie maanden therapie en revalidatie is de 18-jarige Gerard eind maart 1992 weer redelijk hersteld van zijn geestelijke en lichamelijke aandoeningen. Het zwaarste vindt hij dat hij niet in staat is geweest goed afscheid te nemen van zijn moeder. Terwijl Gerard hard werkte aan zijn herstel, hebben een aantal rechtszaken plaatsgevonden. De onwettelijke vrijheidsberoving en mishandeling van Gerard leiden tot een forse schadevergoeding. Gerard doneert de helft van dat geld aan de stichting Femmes Verts.

Via de lokale radiozender doet de politie vsn Gazeres direct een oproep aan alle burgers om informatie te geven over een kleuter die kort na 21 juni 1979 vermist raakte. Slechts een aantal mensen herinnert het zich, maar ze kunnen weinig informatie geven. En vrouw meent dat er na de verdwijning kleine posters zijn opgehangen bij het station, maar is daar niet helemaal zeker over. Zij herinnert zich ook dat er een bont gekleurde olifant op het shirt staat. In het archief van Gazeres vindt men een kleine poster waar Gerard als kleuter staat afgebeeld. Deze posters waren in de buurt van het station opgehangen. Interpol wordt ingeschakeld om te onderzoeken welke kinderen van rond de drie jaar in Europa vermist zijn geraakt. In vele landen nemen tv-zenders het nieuws van de verdwenen kleuter op in hun nieuwsberichten.

In Nederland wordt de verdwijning in een extra editie van "Opsporing Verzocht" uitgezonden. Tijdens de uitzending wordt de poster van het verdwenen kind getoond. Op de poster is een kind te zien met een shirt waarop de olifant Elmer staat. Een Rotterdamse vrouw herkent direct haar verdwenen kleuter is er zeker van dat het haar verdwenen kind is. Direct worden een aantal medewerkers van de opsporingsdienst naar het adres van de vrouw gestuurd.

Het nieuws van de verloren zoon wordt in alle media besproken, en meerdere camera teams reizen snel af naar Rotterdam en Gazeres. Om de ouders tegen de pers te beschermen, wordt besloten Pien en Jan direct naar een "safe house" te brengen.

Gerard is zeer verbaasd als hij via allerlei kanalen hoort dat hij niet het kind van Juliet is. Het nieuws van de teruggevonden van het Nederlandse kind dat jarenlang verdwenen is, brengt hem volledig uit zijn balans. Al snel wordt er een telefoongesprek gearrangeerd tussen Gerard en zijn ouders. Het gesprek wordt met Nederlandse en Franse tolken vertaald. Er wordt afgesproken dat op korte termijn het verdwenen kind weer herenigd wordt met zijn ouders. Gerard heeft helemaal geen zin om naar Nederland te gaan. Het liefste wil hij het laatste jaar van het lyceum afmaken, om dan verder te gaan op de universiteit. Hij voelt geen enkele band met het kleine lage land (pays bas), waar de winters koud zijn en de zomers nat. Ook de informatie die hij vindt op het internet werkt niet stimulerend op zijn gemoed. De taal is onuitspreekbaar. Hij gaat ervan uit dat er een korte kennismaking zal zijn, waarna hij weer terug kan gaan naar Saint-Christaud.

De druk vanuit de Franse media is echter zo groot dat het nu voor hem totaal zinloos is om te blijven. Zodra hij zijn neus uit de deur steekt, zit er weer een microfoon voor. Hij belt met Brigitte, die tegenwoordig de CEO van "Femmes Verts" is, en vraagt haar of zij kan organiseren dat er toezicht wordt gehouden bij de oude smederij en het huisje met de kruiden en groenten. Via het nieuws had ze al meegekregen dat hij naar Nederland moet, waar zijn wortels blijken te liggen. Brigitte bekommert zich graag over de huizen van Gerard.

Die woensdag, laat in de avond, komt een grote zwarte auto met geblindeerde ramen voorrijden bij Julliet's en Gerard's huisje. Een grote man, in een sportief maatpak, geeft hem een hand, stelt zich voor als Carl, en reikt hem een donkerbruine envelop. Verbaasd maakt hij die open. Na enige tijd herkent hij dat het een paspoort is, en al snel blijkt het dat het zijn paspoort is. Een totale verrassing, want Gerard heeft nooit een paspoort of identiteitsbewijs gezien en gehad. Carl vertelt dat hij met dit paspoort kan reizen door de meeste landen van Europa, en hij heeft dit ook nodig om zich te identificeren bij het aanmelden in een nieuwe woonplaats, bijvoorbeeld om een studie te volgen. Omdat de pers op de loer staat, pakt Gerard snel zijn rugzak met wat kleding, zijn computer en een warme, waterdichte jas, die vervolgens in de kofferbak gaat. Hij stijgt hij in de auto en ze rijden via kleine binnenwegen richting Toulouse. Vanuit Toulouse gaat de rit via de tolwegen naar Nederland. Zoals verwacht, regent het als ze Nederland binnenkomen. Hij is verrast door het vlakke land waar geen berg of hobbel te bekennen is. De natheid van dit land kenmerkt zich door tal van meren die even vlak zijn als hun omgeving. God moet een gebrek aan creativiteit gehad hebben toen hij in dit land schiep.

Bij een wegrestaurant nemen ze een ontbijt, waarbij ze voor het eerst geconfronteerd worden met de Nederlandse klanken. In de oren van beide Fransen klinkt het of ze continu vloeken en schelden op elkaar. Helaas is het onmogelijk om met de Franse taal iets te bestellen. Als ze weer in de auto zitten, vraagt Gerard of ze om kunnen draaien, terug naar Frankrijk, maar dat blijkt geen optie te zijn. Kort na de middag eindigt de tocht voor een statig grachtenpand in Amsterdam. De chauffeur Carl parkeert de auto midden op de smalle straat en Carl helpt Gerard met het uitladen van Gerards schamele bagage. Carl leidt Gerard naar de monumentale deur van een groot grachtenpand. De deur gaat open en een man gekleed in een donker maatpak, neemt de bagage in ontvangst en vraagt of ze zin hebben in koffie en sandwiches. Carl excuseert zich. Zijn auto blokkeert de straat, en daarom moet hij snel afscheid nemen. Als laatste vraagt Carl of hij een haarmonster mag nemen om definitief de genetische familierelatie vast te stellen met zijn biologische ouders. Gerard drukt hem de hand en wenst een goede terugreis.

De man in het maatpak vraagt hem om plaats te nemen. Een medewerker zal hem ophalen voor een gesprek. Nog geen vijf minuten later komt een jongeman die verbluffend goed Engels spreekt. Hij neemt hem mee naar een ruim appartement op de derde etage. In deze ruimte bevinden zich een man en een vrouw, die waarschijnlijk zijn biologische ouders zijn. Beiden spreken redelijk Engels en "zijn moeder" kan zowaar wat Frans. Voor allen is de eerste kennismaking wat stroef. Het eerste uur

146

van de kennismaking is min of meer een oppervlakkige onderlinge bevraging. De communicatie komt moeilijk op gang, met algemeenheden zoals "Hoe was je reis?", "Wat vond je van Nederland?", "Heb je zin om vanavond Amsterdam te zien?" of "Wat eten jullie in Frankrijk?". Gerard beantwoordt al deze vragen zeer beknopt, en na een uur eindigt het gesprek in een lang zwijgen dat steeds pijnlijker wordt. Gelukkig komt de jongeman, die de hele tijd voor de deur stond, weer binnen. Het breekt de stilte. De man vertelt dat het normaal is dat een gesprek met kennissen, vrienden, of familieleden die elkaar langere tijd niet of nauwelijks gezien hebben, zeer moeizaam gaat. "Communicatie gaat over het uitwisselen van ideeën en gezamenlijke gebeurtenissen. Vaak bestaan deze nauwelijks of helemaal niet, als men elkaar niet kent, zoals bij jullie. De gezamenlijkheid van gebeurtenissen zal volledig opnieuw moeten worden opgebouwd. Dat kan alleen als wij er samen aan werken." Hij stelt voor om morgen de gehele dag het centrum van Amsterdam te bezoeken. De opdracht daarbij is het zoeken naar Franse plaatsen en gebeurtenissen die invloed hebben gehad op het ontstaan van de stad Amsterdam. Hij geeft informatiemappen aan Gerard, Pien en Jan waarin cryptische aanwijzingen staan over gebeurtenissen, gebouwen, teksten en bijzonderheden die iets te maken hebben met Frankrijk. De zoektocht begint morgenochtend na het ontbijt! Het wordt een lange dag, dus "geniet van een goede nacht met mooie dromen". Vermoeid van het slaapgebrek gaat Gerard naar zijn kamer, waar hij een lange, diepe en droomloze nacht heeft. De volgende morgen komt hij weer opgefrist bij het ontbijt, waar Pien en Gerard al begonnen zijn met hun koffie. Het is goed weer, en daarom gaan ze gelijk na het ontbijt op zoektocht door de stad. Ze ontdekken veel aspecten, zoals de invoering van de straatnamen in Amsterdam door Napoleon, Franse teksten in een aantal oude restaurants, Franse art nouveau, et cetera. En natuurlijk bezoeken ze ook de beroemde Amsterdamse terrassen, waar ze veel soorten bier proeven. Behoorlijk aangeschoten komen ze terug in de woning. De eerste banden zijn gelegd. Laat in de avond komt het bericht dat het ouderschap van Gerard door Pien en Jan definitief vastgesteld is. Daar wordt vervolgens nog eens uitvoerig op gedronken.

De volgende twee dagen worden persoonlijker en emotioneler, waarbij alle drie om beurten moeten vertellen wat ze mooi of slecht vinden, belangrijke ervaringen, mooie momenten, verdrietige momenten et cetera ... De laatste dag gaat over het bouwen van bruggen en zoeken naar overeenkomsten en verbindingen tussen elkaar. Voor Gerard zijn dit zeer belangrijke dagen. Hij heeft nu wat meer vaste grond onder zijn voeten, en hij weet dat hij alle steun en liefde zal krijgen van zijn nieuwe ouders Jan en Pien. De volgende dag rijden ze met de trein naar Rotterdam, en vervolgens met de bus naar hun huis in Rotterdam Pendrecht. Gerard is enigszins teleurgesteld als hij het huis ziet. Door het bezoek aan Amsterdam, was hij ervan uitgegaan dat Rotterdam ook grachten en statige oude huizen zou hebben. Het huis van Pien en Jan is een vrij klein rijtjeshuis. Het is wel iets groter dan het huisje waar hij met Julliet geleefd heeft. De tuin voor het huis vindt Gerard belachelijk klein, en dat geldt ook voor het tuintje achter het huis. Jan en Pien hebben de zolderkamer al voor Jan ingericht met de hoogst noodzakelijk spullen, een bed, een kast, bureau, stoel, stereo en zelfs een nieuwe computer. Hij ruimt zijn spullen op, en zodra hij klaar is, gaat hij naar beneden, waar de stamppot al op tafel staat. Het is een gerecht dat hij nog nooit gezien heeft. Hij durft het niet hardop te zeggen, maar de geur en de smaak bevallen hem totaal niet. Hij biedt daarom hoffelijk aan om geregeld Franse gerechten te bereiden. Allen vinden dat een goed idee. Na het eten komt er een soort ingedikte gele melk die hem wel bevalt. Na een week is Gerard weer helemaal bij gekomen en wil hij zijn nieuwe, Hollandse leven vorm gaan geven. Het eerste wat hij nodig heeft is Nederlandse-taallessen. Hij belt naar het Franse consulaat in Amsterdam. Een vrien-delijke man neemt de telefoon aan. Gerard vertelt dat hij graag ondersteuning wil hebben om de Nederlandse taal te leren en ook graag meer wil weten over het onderwijs in Nederland. Hij wordt direct doorverbonden met de afdeling die de Franse burgers in Nederland ondersteunt. Een Franse dame vraagt vriendelijk wat ze voor Gerard kan doen. Gerard legt uit dat hij een week geleden in Nederland is aangekomen, om kennis te maken met zijn Nederlandse biologische ouders. De vrouw weet gelijk waar het overgaat, niet op zijn minst omdat het zowel in Frankrijk als in Nederland uitvoerig in het nieuws is geweest. Ze vraagt hem wat ze voor hem kan doen. Gerard vuurt gelijk een salvo van vragen af. "Moet ik mij aanmelden als inwoner in Nederland? Indien ja, hoe?", "Kan ik Frans staatsburger blijven of moet ik Nederlander worden?"," Kunnen jullie mij ondersteunen met het leren van de Nederlandse taal?", "Hoe kan ik het laatste jaar van het Lycee afmaken?", "Hoe zit het met een Nederlandse vervolgopleiding". Na de vijfde vraag, grijpt de dame in. Ze nodigt Gerard uit voor een gesprek op het Consulaat.

Een week later zit Gerard in de trein naar Amsterdam. Hij weet niet wat hem te wachten staat, en is nerveus over het gesprek dat hij op het consulaat zal hebben. De ervaringen van de afgelopen maanden hebben hem wat achterdochtiger gemaakt. Als hij uit het station stapt moet hij zoeken waar het consulaat is. Met de hulp van een aantal welwillende mensen lukt het hem de weg naar het consulaat per bus te vinden. Ruim op tijd staat hij op de stoep van een on-inspirerend gebouw van beton en glas. Hij belt aan, de deur gaat open en een medewerker ontvangt hem. Gerard beschrijft de reden van zijn bezoek en wordt daarna meegenomen naar een chique en ruime vergaderzaal. Hij neemt plaats en wacht wat er gaat gebeuren. Binnen enkele minuten worden de lege plaatsen door diverse medewerkers bezet. Daarna komt een goed geklede gedistingeerde heer binnen die zich voorstelt als de Franse consul. Na een korte pauze opent bij formeel de bespreking. Hij excuseert zich uitgebreid voor de manier waarop de gemeente "Gazeres sür Garonne" en diverse andere Franse instellingen hem behandeld hebben. Het Franse ministerie van binnenlandse zaken en justitie zijn begonnen met het vooronderzoek naar de psychische en fysieke mishandelingen die Gerard heeft doorstaan. De eerste bevindingen tonen aan dat er onoordeelkundig besluiten genomen zijn, die in tegenspraak zijn met het Franse recht. De vrijheidsberoving van Gerard had nooit mogen plaatsvinden, hetgeen ook geldt voor het onvrijwillig verblijf in een psychiatrische instelling. Het onderzoek loopt nog steeds. Intussen zijn meerdere Franse ambtenaren op non-actief gesteld en zeven medewerkers zijn al oneervol ontslagen. Gezien het leed dat Gerard aangedaan is, zal het consulaat alles in het werk stellen om Gerard te ondersteunen bij het opbouwen van zijn nieuwe leven in Nederland.

Na deze introductie worden de andere medewerkers van het consulaat aan Gerard voorgesteld. Een wat oudere man met de naam Stephan is de casemanager, wat wil zeggen dat hij de integratie van Gerard in de Nederlandse taal, onderwijs en cultuur zal coördineren. Twee andere medewerkers zullen Stephan daarmee ondersteunen. Een jonge man, strak gekleed in een donkerblauw pak, zal Gerard helpen met de juridische adviezen. Een vriendelijke en gemoedelijk uitziende vrouw, wordt geïntroduceerd als de grote vraagbaak van het consulaat. Gerard kan altijd bij haar terecht als hij vragen heeft die de andere medewerkers niet kunnen beantwoorden. Zij zal ook het programma voor de komende drie maanden voor Gerard opstellen. Geheel opgelucht en tevreden zit Gerard aan het eind van de middag weer in de trein, terug naar Rotterdam. Eindelijk goed nieuws en een perfecte opmaat naar een nieuw leven in Nederland. Om het nieuwe leven op te pakken besluit hij naar het gemeentekantoor van Rotterdam-Pendrecht te gaan om zich in te schrijven als nieuwe Rotterdamse bewoner. Dat blijkt echter niet eenvoudig te zijn. Er is niemand in het kantoor die ook maar enigszins Frans kan spreken. Na twintig minuten van alles geprobeerd te hebben om zijn inwoners wens kenbaar te maken, geeft hij de ambtenaar het telefoonnummer van Pien. De ietwat geïrriteerde ambtenaar belt direct haar nummer. Gelukkig krijgt hij direct Pien aan de telefoon. Zij verklaart de hele situatie aan de ambtenaar. De ambtenaar had uit de pers al meegekregen dat een Franse jongen bij zijn ouders was teruggekeerd en hij stelt zich zeer bereidwillig op om

Gerard in te schrijven in de gemeente. Hij vraagt naar Gerard's paspoort. Gerard vertelt dat hij nog nooit een paspoort heeft gehad. De ambtenaar vraagt of hij het goed vindt dat hij de achternaam van de biologische ouders mag noteren in het paspoort. Hun familienaam is Broekhuizen. Gerard vraagt of hij de achternaam van zijn "Franse Moeder" mag nemen. De ambtenaar legt uit dat achternamen bij de geboorte vastgelegd worden, en niet gemakkelijk veranderd kunnen worden. Gerard stem schoorvoetend in.

Een half uur later staat hij weer op de stoep van het gemeentekantoor met zijn inschrijving en een document waar hij geen woord van begrijpt.

Twee weken later meldt het consulaat zich. Ze hebben een privé docent uit de omgeving van Rotterdam de opdracht gegeven Gerard in zes weken klaar te stomen voor de Nederlandse taal en cultuur. Ze spreken af dat Gerard drie middagen per week privéles krijgt bij de docent thuis. Daarnaast is er een Franse docent aangesteld die Gerard gaat begeleiden met het afronden van het Lycee. Zowel de lessen als alle examens zullen plaatsvinden in de Franse Ambassade in Den Haag. Twee dagen in de week, maandag en donderdag, krijgt hij les van 9.00 tot 16.00. De rest van de tijd moet hij thuis de gegeven opdrachten doen. Het wordt een zware tijd voor Gerard. Vijf dagen in de week is hij vol bezet met zijn opleidingen, en 's avonds werkt hij aan zijn huiswerk. Hij heeft geen tijd om sociale contacten op te bouwen, en voelt zich daardoor steeds eenzamer en geïsoleerder. Af en toe belt hij met zijn oude schoolvrienden, waarbij hij zich niet bewust was van de hoge kosten van internationaal bellen. Na een maand ligt er een telefoonrekening van 124 gulden op de mat. Voor Pien en Jan is dat een aanzienlijke hoeveelheid geld. Gerard besluit om gebruikt te maken van zijn erfenis. Hij belt met zijn bank in Gazeres de Garonne. Als de telefoon wordt opgenomen wordt hij direct verbonden met de filiaaldirecteur. Met een vermogen van negen cijfers op zijn rekening (in Franse Franc), is Gerard direct een zeer goede klant van de bank. Als eerste bespreekt Gerard een maandelijkse toelage van 1500 Franc/maand (ca 500 gulden). De bankdirecteur stelt voor een protocol in tweevoud op te stellen, dat naar Gerard wordt gestuurd. Gerard moet de formulieren ondertekenen en zijn bankrekeningnummer sturen, dan wordt alles voor hem geregeld. De volgende morgen gaat Gerard samen met Pien naar het bankfiliaal in het nabijgelegen winkelcentrum, om daar zijn bankrekening te openen. Op vertoon van Gerards' Franse paspoort en dat van Pien (vanwege Gerards minderjarigheid) worden zijn Nederlandse rekening en het spaarbankboekje klaargemaakt. Nog diezelfde middag geeft hij zijn bankrekening telefonisch door aan de Franse bankdirecteur. 's Avonds vertelt hij dat hij een kleine maandelijkse toelage gaat krijgen uit Frankrijk, en dat hij daarom 100 gulden per maand zal betalen voor het gebruik van de telefoon en andere zaken. Ze sputteren enigszins tegen, maar laten zich snel overtuigen. Gerard voelt zich goed bij zijn teruggewonnen financiële zelfstandigheid.

Gerard stuurt twee keer per week een brief naar Jean Pier. Jean Pier deelt zijn brieven met zijn oude vrienden, wat ertoe leidt dat er geregeld Franse post op de deurmat ligt. Zo om de zes weken heeft hij een uitgebreid telefoongesprek met Jean Pier vaak samen met zijn oude klasgenoten. Het doet hem goed zijn Franse wortels te behouden.

Gerard is hoog gemotiveerd met zijn opleiding Nederlands. Na zes weken is hij in staat een eenvoudig gesprek in het Nederlands te voeren. Ook krijgt hij één en ander mee van de Nederlandse tv-programma's en quizzen die hij samen met Pien en Jan bekijkt. Boodschappen doen gaat hem ook steeds beter. Zijn Franse accent verraadt zijn oorsprong, maar om de één of andere reden vinden de Nederlanders dat charmant.

Na twee maanden in Nederland is zijn sociale omgeving nog steeds behoorlijk beperkt; voornamelijk zijn biologische ouders, de leraar Nederlands en de Franse studiecoach bij de ambassade. Hij wil graag nieuwe vrienden en vriendinnen maken in Nederland, maar omdat hij niet meer op een school zit, is dat erg lastig. In het winkelcentrum van Pendrecht ziet hij een poster hangen voor de discotheek BlueTiek-In in Rotterdam. De posters tonen foto's van grote hoeveelheden jongeren op een dansvloer met exotische lichteffecten. Hij besluit zaterdagavond een bezoek aan de disco te brengen. Pien en Jan hebben geen zin om mee te gaan, want het is niet "hun type muziek". Pien waarschuwt Gerard nog dat daar drugs gebruikt worden, waar ze niets van wil hebben. Met een grote glimlach om zijn mond vertelt Gerard hoe zij gedrogeerd tot elkaar gekomen zijn. "Een joint kan je rustig nemen, maar wees voorzichtig met pillen en andere geestverruimende middelen." Gerards oren tuiten als hij deze informatie krijgt. In Gazeres heeft men sowieso geen discotheken en het gebruik van iedere vorm van drugs is streng verboden.

Gerard en Jan gaan samen op pad om een disco-outfit voor Gerard te zoeken. Niet ver bij hen vandaan is het winkelcentrum Plein 1953 met een aantal boetieks met moderne kleding voor de jeugd. Gerard past een grote hoeveelheid kledingstukken, die door Jan stuk voor stuk kritisch worden bekeken. Er wordt veel overlegd met de verkoopsters, waarvan velen in staat zijn hun enthousiasme voor een bepaald kledingstuk op Gerard over te brengen. Na drie uur shoppen lopen ze bepakt en bezakt terug met een aantal goede outfits en een afgedankte parka uit een leger-dump winkel ("Het zou wel eens koud kunnen worden na de disco"). Ook Jan heeft toegeslagen met vele nieuwe kledingstukken. Bij thuiskomst houden beide mannen een modeshow voor Pien, die de meeste aankopen positief beoordeelt. Zaterdagmorgen is Gerard al nerveus over zijn eerste nieuwe disco-ervaringen. Hij staat uren voor de spiegel om zijn keuze te maken die uiteindelijk valt op een strakke Wrangler spijkerbroek en een ruimvallend wit shirt met glitters. Al om acht uur staat hij voor de deur van de disco. Hij hoort de knalharde discomuziek en ziet de vele lichteffecten. Hij betaalt de toegang en treedt de disco binnen, waar nog nauwelijks mensen zijn. Daarom loopt hij eerst maar naar een bar en bestelt een biertje, met een zwaar Frans accent. Dit stuit op onbegrip bij de barman. Pas als Gerard wijst op de tap, wordt hij begrepen. Even later staat er een goed getapt biertje voor hem klaar. Hij geeft een bankbiljet van 5 gulden en is verbaasd dat hij maar twee gulden terugkrijgt. Even later komt een lange, pukkelige jongen naast hem zitten, die probeert een gesprek aan te gaan. Gerard doet zijn uiterste best om zich begrijpelijk te maken, maar door de luide muziek en zijn Franse accent komt de boodschap niet aan. Hij vraagt de barman een stuk papier en een pen, met de gedachte dat het daarmee beter wordt. Hij schrijft: "*Ik kom uit Frankrijk, en woon sinds kort in Rotterdam*". Tot Gerards verbazing schrijft de jongen, die Henk heet, redelijk goed Frans. Hij komt van oorsprong uit België, waar ook Frans gesproken wordt. Henk is in het eerste jaar van zijn studie Psychologie in Rotterdam, en die studie bevalt hem goed. Het blijft nog lang rustig aan de bar, maar om tien uur stroomt het vol. Het wordt steeds luider in de disco, en de dansvloeren worden nu goed gebruikt. Gerard en Henk gaan, na eerst de kat uit de boom gekeken te hebben, uiteindelijk ook naar de dansvloer. Henk duikt direct in de dansende massa, terwijl Gerard het nog even aankijkt. Hij wil graag meedoen, maar heeft geen idee welke bewegingen hij moet maken op de tonen van de onverstaanbaar harde muziek. Hij kijkt wat rond, en treft de blik van een groot blond meisje. Hij lacht haar vriendelijk toe. Ze komt naar hem toe en roept luid in zijn oor "Je ziet eruit of je verdwaald bent." Helemaal begrijpen doet hij dat niet, en daarom toont hij een blik terug als uiting van zijn verbazing. Het is een blik die hem doet blozen, want hij heeft nog nooit een meisje zo diep in haar ogen gekeken. Het meisje vindt hem blijkbaar enigszins charmant, en trekt hem op de dansvloer. Gerard doet zijn uiterste best om ritmisch mee te bewegen. Dat lukt helaas niet altijd even goed, waarbij hij een aantal keren op iemands voeten staat. Hij voelt dat zijn hand aangepakt wordt. Hij kijkt op, in de grote glimlach van een ander meisje. Ze trekt hem mee naar een wat rustigere bar, en gaan op de barkukken zitten. Gerard vraagt in gebrekkig Nederlands of hij iets kan bestellen voor haar. Ze begrijpt wat hij bedoelt, en wijst op de tapkraan. De glazen worden getapt en even later zitten ze samen zwijgend hun bier te drinken. Het meisje stelt zich voor als Stella. Gerard noemt zijn naam, met een fors Frans accent. Hij vraagt in het Frans waar ze vandaan komt, en in vloeiend Frans vertelt ze dat ze uit Alkmaar komt. Gerard is verbijsterd. Hij had niet verwacht hier iemand te treffen die zijn taal spreekt. Stella legt uit dat zij op school het vak Frans gekozen heeft als examenvak. Ze verontschuldigt zich dat ze niet vloeiend Frans spreekt. Gerard zegt dat zij het verbluffend goed kan, en stukken beter dan hij Nederlands kan spreken. Stella vertelt dat straks nog een aantal vrienden en vriendinnen komen. Ze vindt het leuk als hij er ook bij is. Gerard verheugt zich om kennis met ze te maken, en bestelt gelijk nog twee grote glazen bier. Tegen elf uur komt een bonte groep vrienden van Stella binnen. De hele groep trekt direct naar de afgeladen volle dansvloer. Het bier heeft Gerard wat ontspanner gemaakt, waardoor hij zich nu beter kan bewegen op de muziek. Om twee uur neemt hij deel aan het afscheids-knuffel-ritueel. Stella geeft Gerard een stuk papier met haar adres en telefoonnummer met daaronder een hartje. Nadat hij het gelezen heeft, krijgt hij voor zijn gevoel een rode kop, maar dat wordt in een disco sowieso niet waargenomen. Om half drie steekt hij de sleutel in het slot van het huis van Pien en Jan. Ze zijn nog op omdat ze gespannen zijn hoe het geweest is (en natuurlijk ook omdat ze een beetje ongerust zijn). Gerard vertelt zijn disco-ervaringen. Over het briefje van Stella vertelt hij niets. Dat is privé en daar hebben Pien en Jan niets mee te maken. Jan schenkt ieder nog een glaasje jenever in, om de dag af te sluiten. Die nacht droomt Gerard alleen van Stella.

Zijn eerste disco-ervaring heeft een nieuwe wereld geopend. In de loop van de week belt hij met Jean-Pierre om zijn ervaringen te vertellen. Jeanne Pier is verbijsterd. Zoiets is in Gazerres en omgeving niet te vinden. Woensdagavond is Gerard alleen thuis. Hij haalt Stella's briefje tevoorschijn. Zijn hoofd begint weer te gloeien als hij het ziet. Met trillende handen belt hij het nummer van Stella. Een meisje neemt op met een vraag die hij niet begrijpt. Stotterend begint hij in half-Frans en half-Nederlands te vragen of Stella aan de telefoon kan komen. Een paar minuten hoort hij haar stem. Gerard is opgelucht. Ietwat schuchter bedankt hij haar voor het briefje. Stella zegt dat ze blij is met hem te spreken. Ze wil hem graag vaker zien en stelt voor om ergens af te spreken, maar dit keer niet in een disco. Ze stelt voor dat, als het regent, ze naar de bioscoop gaan en als het droog is naar het strand. Beide opties vindt Gerard uitstekend. Het maakt hem niet uit waar hij haar ziet, zolang hij haar maar ziet. Vrijdagmiddag belt Stella, de telefoon wordt opgenomen door Pien. Ze roept Gerard, die direct naar beneden stuift. Er volgt een lang en opgewonden gesprek in het Frans. Aan het einde van het gesprek vertelt hij Pien dat hij zaterdagmiddag met een meisje naar Scheveningen gaat. Ze geeft hem een kus op de wang en wenst hem alvast heel veel plezier. Ze hebben een "mooie date" in Scheveningen. Eerst maken ze een lange wandeling over het strand tot de rode zon langzaam naar de horizon daalt. Daarna knuffelen ze in het schemerlicht op het strand. Gerard raakt over zijn oren verliefd. Als het kouder begint te worden, lopen ze langzaam weer terug naar Scheveningen, en kunnen daarbij niet ophouden elkaar geregeld te kussen. Ze komen net op tijd aan voor de laatste bus naar het Centraal Station Den Haag, en tegen 12 uur 's nachts komt de trein aan in station Rotterdam Centraal. Als Gerard voorzichtig de sleutel in het slot doet en de deur langzaam opent, ziet hij dat Pien en Jan nog op zijn. Zodra Gerard in de woonkamer stapt, trekt Jan zijn jeneverfles tevoorschijn, om de liefde te vieren.

In de weken tussen Pasen en de zomervakantie treffen ze elkaar wekelijks, en soms meermaals per week. Omdat de meeste studenten op vakantie gaan of een vakantiebaan nemen, wordt het steeds rustiger in het studentenhuis. Na een fijne knuffelpartij in haar bed, hebben beiden de wens en behoefte om een stap verder te gaan. Ze liggen daarna naakt op het bed, en Gerard wordt vakkundig ontmaagd door Stella. Daarna is het hek van de dam en consumeren ze hun seksuele uitspattingen met volle teugen.

Door de Nederlandse gesprekken met Stella en haar vrienden wordt zijn Nederlands snel veel beter. Tegen de zomer kan hij goed lopende gesprekken voeren, zonder de essenties van het gesprek te missen. Hij behoudt echter zijn charmante Franse accenten. Tot het einde van de zomer zien Stella en Gerard elkaar wekelijks.

In juni komen de examens van het Lycee. Gerard heeft zich goed voorbereid, samen met zijn Franse studiecoach. Alle examens worden afgenomen op het Consulaat in Amsterdam, onder toezicht van een ambassademedewerker. Begin juli krijgt zij de uitslag dat hij op alle vakken geslaagd is. Hij is van plan verder te gaan studeren, maar weet niet goed welke studie hij wil doen. Hoewel hij goed geslaagd is voor zijn technische vakken, heeft hij maar weinig interesse om daarmee zijn brood te gaan verdienen. Biologie vindt hij erg interessant. Het nadeel is dat de meeste biologiestudenten van die "softies" zijn. Wat hem ook niet erg bevalt, is de lange duur van de universitaire studies in Nederland. De gemiddelde studieduur duurt ongeveer zes jaar. Om zich beter te oriënteren op de studiemogelijkheden maakt hij een afspraak met een decaan van de Erasmus Universiteit. Als eerste laat hij Gerard een aantal "interessetesten" maken, waaruit een profiel komt met de kenmerken: mensgericht, hulpvaardig, ondernemend, nieuwsgierig en lui. Met het laatste kenmerk is hij niet helemaal tevreden, maar hij erkent dat het inderdaad een aspect van hem is. Op grond van de uitkomsten past een zware academische opleiding niet goed bij hem. Een praktische opleiding past volgens de decaan beter. Hij krijgt opnieuw een formulier met een grote lijst, dit keer over praktische beroepen. Zijn opgave is om bij ieder item aan te geven op een schaal van 0 tot 10 hoe goed de baan bij hem past. De hoogste scores heeft hij voor beroepen die gerelateerd zijn aan werken met mensen en het onderwijs. 's Avonds neemt hij de resultaten van de tests door met Jan en Pien. Na enige discussie komen ze tot de conclusie dat de lerarenopleiding voor de taal Frans hem op het lijf geschreven is. De volgende dag schrijft hij zich in voor de tweedegraads docentenopleiding Frans aan de Hogeschool van Rotterdam. Daarna bekommert hij zich alleen nog over zijn vakantie. De eerste vier weken van de vakantie gaat Stella met vijf vrienden en vriendinnen met een oude Volkswagenbus naar Engeland om de Engelse popcultuur te bewonderen. Gerard had graag meegewild, maar helaas is er geen plaats meer vrij in de bus. Hij is zeer jaloers op Stella en zal haar vreselijk missen. Vier weken lang telt hij de dagen af. Eindelijk, na vier weken, krijgt hij een telefoontje van Stella. Ze verontschuldigt zich dat ze al die tijd geen contact met hem gehad heeft. Tijdens de reis is ze totaal verliefd geworden op één van de jongens, en heeft besloten om met hem samen te gaan wonen. Ze verontschuldigt zich dat het zo gelopen is. Gerard is dagenlang buitenzinnig van verdriet. Hij voelt zich bedrogen. Om de tijd te verdrijven, hangt hij de zomer wat rond in Rotterdam, en 's avonds gaat hij af en toe uit naar BlueTiek-In of naar de bars aan de Groene Hilledijk. De horeca bezoeken leiden zijn gedachten af van de mislukte relatie. Hij heeft grote angst om zich weer aan een meisje te binden. Hij vreest dat hij een tweede deceptie niet aankan. Begin augustus start zijn driejarige opleiding. De Franse-taal opleiding begint voor Gerard wel op een heel laag niveau, zeker voor een geboren Fransman, waardoor hij zich stierlijk verveelt bij de lessen. Vaak reageert Gerard met correcties op de fouten die de docenten maken in zowel de spelling als de uitspraak. Dit wordt hem niet altijd in dank afgenomen door de docenten. Veel studenten waarderen zijn interrupties zeer. Na zes weken vraagt de opleidingsdirecteur Gerard voor een gesprek. De directeur biedt hem aan de docenten te begeleiden tijdens de lessen, tegen een redelijke vergoeding. Hij hoeft verder voor zijn studie alleen nog de vakdidactische vakken te volgen. Hij mag in zijn eigen tijd de toetsen doen voor zijn Franse-taalkundige certificaten. Dat bevalt hem wel.

De meeste studenten zijn vrouwelijk. Van de vierentwintig studenten zijn er vier mannelijk, en dat geldt gemiddeld ook voor de andere klassen. Er wordt veel geflirt in de klas, maar Gerard laat dat koud. Hij heeft te veel teleurstellingen moeten verkroppen het laatste jaar, en heeft besloten nooit meer afhankelijk te zijn van iemand. Na meerdere maanden is het geflirt eindelijk voorbij. In het eerste semester na de kerstvakantie wordt de klas in vier groepen verdeeld. Iedere groep krijgt de opdracht een lespakket Frans te ontwikkelen op basis van één van vier leertheorieën: Rudorf Steiner (antroposofie), Montessori (zelfontwikkeling van de leerling), Watson en Skinner (oefening baart kunst) en Seymour Papert (leren gaat om kennis construeren). Gerard wordt ingedeeld in de "Steiner-groep". Zijn groepje van zes studenten is zeer gemotiveerd. Iedere dag zijn ze tot laat in de middag bezig met lezen, discussiëren, en het uitwerken van de conclusies. Daarbij vergeten ze geregeld de tijd, tot uiteindelijk de conciërge hen maant het gebouw direct te verlaten. Een paar studenten stellen voor om die avond verder te praten in een eetcafé. Ze praten die avond lang en veel, over tal van thema 's uit de actualiteit. Om elf uur brengt de uitbater van het eetcafé de rekening met het verzoek om te betalen. De studenten zijn verrast dat ze door hun gesprekken totaal vergeten zijn hoe laat het is. Ze leggen het geld op tafel en vertrekken snel. Ook de volgende dagen werken zij hard aan hun project en zoeken elke avond weer een ander eetcafé. Vrijdag is de afsluiting van het project. De vier groepen presenteren de Franse lesmethoden die ze ontwikkeld hebben aan hun docenten. Ze hebben er veel van geleerd. Het uitwerken van de opdrachten heeft een goede band tussen de studenten gesmeed. Dat bevalt Gerard. Zijn motto is nu "Liever een goede vriend(in) dan een slechte minnaar(es)". Hij zal dit motto zijn hele leven behouden, zonder ooit een vaste partner te hebben. Het groepje besluit om iedere eerste maandag van de maand samen uit eten te gaan, en dat houden ze jarenlang vol.

In het tweede jaar moeten de studenten hun eerste lessen voor een echte klas houden. Gerard en zijn collega-student Joep worden ingedeeld bij een openbare middelbare school in Rijswijk. Het is geen mooie school en het lokaal voor de Franse lessen is kaal en stoffig met gele plekken in het plafond van langdurige lekkages. Vooraan in de klas hang een groot schoolbord, en er staan twee half uitgedroogde planten op de vensterbank. Het lokaal heeft geen inspirerende leer-atmosfeer. Beide jongens hebben zich goed voorbereid op een les over Franse grammatica. Na de bel stormt een groep kinderen van de derde klas met veel rumoer naar binnen. Eerst is Joep aan de beurt. Joep stelt zich netjes voor aan de klas, en introduceert ook Gerard, een echte Fransman, vers uit het zuiden van Frankrijk. De leerlingen kijken verrast op. "Als het goed is, hebben jullie als huiswerk een rij Franse woorden gekregen. Doe allemaal jullie boek dicht, dan geef ik jullie om de beurt een Nederlands woord dat jullie moeten vertalen in het Frans en ook goed moeten uitspreken." Gerard deelt de scores uit. Joep heeft al de namen van de kinderen op het bord geschreven. Hoewel veel kinderen nauwelijks hun huiswerk gedaan hebben, doen ze wel hun uiterste best. Aan het einde van de les neemt Joep de scores van de kinderen door. De meeste zijn goed tot zeer goed.

De les daarna is Gerard aan de beurt. Hij begint de les met de eerste regel van het Franse lied: "Sur le pont d'Avignon." Daarna vraagt Gerard ze zoveel mogelijk woorden van dit lied te vertalen in hun schrift. Dat lukt redelijk zonder al te veel rumoer, maar de kinderen zijn een beetje onrustig. Daarom besluit Gerard in korte en simpele Franse zinnen enkele korte verhalen te vertellen, waarbij ze moeten proberen deze te vertalen. Het liep niet geheel zoals Gerard verwachtte. Joep en Gerard zijn na deze twee lessen afgepeigerd. Ze stappen aan het eind van de middag zwijgend in de trein en nemen in de stationsrestauratie een biertje om de stress te verlagen. Tot aan de zomervakantie geven ze eens per week les aan twee klassen. Aan het einde van het schooljaar hebben ze het lesgeven redelijk onder de knie. De twee daaropvolgende jaren gaat het onderwijzen, stapje voor stapje, steeds beter. In het derde jaar staat Gerard één dag per week voor vier klassen. Lesgeven kan hij goed. Hij is streng en rechtvaardig. De leerlingen hebben respect voor hun leraar en hij heeft het respect van de leerlingen. De rector is zeer tevreden met het onderwijs van Gerard en geeft hem na een half jaar een vaste aanstelling. Die zomer van 1995 besluit Gerard van Pendrecht naar Rijswijk te verhuizen. Al twee jaar rijdt hij met een derdehands Peugeot naar school. Ieder jaar wordt het drukker op de rijksweg tussen Rotterdam en Rijswijk en er zijn geregeld lange files. Hij vindt dat zonde van zijn tijd en daarom besluit hij een huis te kopen in de buurt van de school. Nog steeds staat er een redelijk vermogen op zijn bankrekening, zowel vanuit zijn erfenis als de schadevergoeding. Hij bekijkt een aantal huizen, en laat de keuze vallen op een groot en goed onderhouden rijtjeshuis aan de Karel Doormanlaan, met een betrekkelijk kleine tuin. Midden in de zomervakantie laat hij zijn spullen verhuizen. Jan en Pien helpen hem met het inrichten van het huis. Na drie jaar samengewoond te hebben, is het voor hen lastig om afscheid te nemen. Gerard belooft dat hij geregeld bij ze langs zal komen, en die belofte houdt stand. Na de vakantie regeert Gerard gedisciplineerd over zijn klassen, als een kapitein over zijn schip.

De nieuwe kinderen vrezen nog zijn scherpe uitspraken, zodra er iets opvalt dat hem niet bevalt. Daarmee creëert hij rust, vooral in jongere klassen. De meeste kinderen schikken zich naar hun lot en doen vlijtig wat er gevraagd wordt. Als er nog tijd over is, vertelt Gerard verhalen over zijn jeugd. Hij is een goede verteller en de kinderen luisteren aandachtig naar hem. Daarbij gebruikt hij een hele collectie avonturenverhalen uit Zuid-Frankrijk die hij erg aangedikt. Als de kinderen de klas verlaten, hoort hij ze nog napraten. In de overvolle rokerige lerarenkamer blijft Gerard een "einzelgänger". De voornaamste vorm van interactie met zijn collega's is een korte groet. Hij wil rust hebben tijdens de pauzes om zich op te laden voor de volgende lessen. Vaak verstopt hij zich in een hoek achter zijn krant. In de loop der jaren wordt het steeds erger met hem in de lerarenkamer. Als ervaren onderwijs rot eist hij een eigen plek in de lerarenkamer, wat door de conrector stelselmatig wordt afgewezen. De enige mogelijkheid is voortijdige beëindiging van de lessen, zodat hij als eerste een tafel kan uitkiezen. In het begin zijn zijn collega's geïrriteerd door het vroegtijdige rumoer van de vertrekkende kinderen. Hij legt het dilemma voor aan zijn klassen. Als ze niet in staat zijn rustig de klas te verlaten, dan zal de les vijf minuten langer duren. Hiermee is de rust op de gang weer teruggekeerd. Door deze regeling heeft hij voortaan zijn privé tafel, waar hij in alle rust zijn krant kan lezen en zijn brood kan eten. Niemand durft het tafel-monopolie van Gerard te doorbreken. In 2002 verandert er iets. Net op het moment dat Gerard aan zijn tafel zit komt de nieuwe scheikundedocent de lerarenkamer binnen. Hij ziet een redelijk onbezette tafel, met daarop een uitgevouwen krant. Hij schuift de krant terzijde, zet zijn broodbak op de tafel en begin te eten. De docent beveelt Gerard deze tafel direct te verlaten. Wie is hij wel, om aan zijn tafel te zitten, denkt Gerard. Met spanning kijken de andere docenten toe. De nieuwe docent stelt zich netjes voor als Bert en gaat zitten en begint te eten. Er ontstaat een gespannen dialoog die eindigt met het compromis dat alleen zij beiden deze tafel mogen gebruiken. Het is het begin van een hechte vriendschap en ze doen veel voor de school en de ontwikkeling van de kinderen.

In de vakanties gaan Bert en Gerard geregeld naar het dorpje Saint-Christaud. Gerard heeft na al die jaren nog steeds de oude smederij en het huisje met de kruidentuin in zijn bezit. Brigitte van Femmes Verts heeft jaren geleden de verhuur in handen gegeven van een professioneel verhuurbedrijf, dat ook de werving van nieuwe klanten doet en ervoor zorgt dat beide huizen goed worden onderhouden. Het nadeel is dat Gerard zijn verblijf ruim van tevoren in één van zijn huizen moet boeken, wat hij wel eens vergeet, waardoor hij al een paar keer voor de deur van een aantal vakantievierders staat. Ieder verblijf in Saint Christaud brengt ze in een oase van rust, in een betoverende omgeving. Zodra Gerard weer geland is in zijn "natuurlijke omgeving" is hij een compleet andere persoonlijkheid. Hij is relaxed, gaat geregeld bij zijn oude vrienden langs, en natuurlijk hoort daarbij ook een bezoek aan Femmes Verts. Het feminiene principe van het bedrijf is bewaard gebleven. Het bedrijf groeit continu en de bedrijfsvoering wordt steeds professioneler. Ze leveren nu hun producten in bijna de gehele regio Occitanie. Om de horeca in dit gehele gebied te kunnen leveren, zijn er nu vier grote productiebedrijven voor de groenten en kruiden. De restaurants worden direct geleverd door zevenentwintig koelwagens. Het doet Gerard goed dat de ondernemende erfenis van Julliet nog steeds in ere gehouden wordt en groeit. De vakantieweken worden ook gebruikt om weer helemaal op te laden voor het volgende semester.

Het leven van Bert en Gerard kabbelt rustig voorwaarts, met vaste periodes van rust in Zuid-Frankrijk, en intensief docentenwerk. Het bevalt ze goed en zij hebben nooit overwogen een ander vakantieoord aan te doen. En al die jaren blijven beide mannen vrijgezel. Natuurlijk zijn er af en toe wat "avontuurtjes" maar daar wordt verder niet over gepraat.

HOOFDSTUK 9

Grote problemen in Gazeres de Garonne

In 2008 willen Gerard en Bert de paasvakantie weer doorbrengen in Saint-Christaud. Deze keer vertoeven zij in de oude smederij. Ze zijn net begonnen met het inpakken van de auto, als Gerard een telefoontje krijgt. Het is de vader van Jean-Pier, die zich met bedrukte stem meldt: "Er zijn grote problemen ontstaan in Gazeres de Garonne. Om dit op te lossen hebben wij acuut jouw hulp nodig. Ook de hulp van Bert wordt zeer gewaardeerd. Er is haast bij, doe je uiterste best om elkaar morgenmiddag om rond 13.00 op het privéadres van de notaris te treffen." Gerard vraagt wat er precies aan de hand is, maar Pier Jean wil geen verdere informatie geven. Het is een raadselachtige situatie, en Gerard en Bert vrezen dat er een streep gaat door hun plannen om weer eens volledig te ontspannen van de belastingen van het onderwijs. Even later krijgt Gerard een SMS op zijn Nokia, met daarin het adres van de notaris. Razendsnel pakken ze hun spullen en verstouwen alles in de achterbak en op de achterbank. Daarna slaan ze proviand en wat flessen frisdrank in bij de buurtsuper. Binnen een uur na het telefoontje rijden ze op de snelweg naar Antwerpen. Er is die avond veel paasverkeer, waardoor er lange files staan op de snelweg tussen Eindhoven en Antwerpen. Het kost ze meer dan twee-en-een-half uur voordat ze Antwerpen gepasseerd zijn, en het begint al te schemeren. Meer dan een uur later bereiken ze de Franse grens, waar ze veel tijd nodig hebben door drugscontroles. Het begint donker te worden. Gerard rijdt op de péage naar Parijs stug door en tegen middernacht bereiken zij de Périphérique, de rijksweg die om de stad Parijs voert. Om deze tijd is er nog steeds veel verkeer onderweg, en daardoor krijgen ze nog meer oponthoud. Beiden krijgen steeds meer stress en angst om veel te laat aan te komen. Om half twee bereiken ze eindelijk de péage richting Orleans en ze zijn er langzamerhand aan toe om een langere pauze te maken. Ze stoppen bij het eerste wegrestaurant dat ze zien. Na wat rek- en strekoefeningen op de parkeerplaats staan ze weer steviger op hun benen. Ze bestellen in het restaurant wat warme Franse kost uit de magnetron. Het is zeker niet erg culinair, maar het vult. Tot slot drinken ze als nagerecht een driedubbele espresso om te voorkomen dat ze gedurende de reis in-sukkelen. Ruim een uur later passeren ze Limoges en als de zon langzaam begint op te komen, komt ook Toulouse in zicht. Al die tijd is het redelijk rustig op de tolwegen, maar in Toulouse begint het weer druk te worden. Dat is het moment om een volgende overdosis espresso te gebruiken en wat te eten. Ze stoppen weer bij een wegrestaurant, bestellen hun triple espresso's en paar goed gevulde baguettes. Daarna frissen ze zich op in de toiletten, en schrikken daarbij van het spiegelbeeld boven de wastafel: stoppelbaarden, donkere kringen om hun ogen, en een wilde friseur. Ze hebben te weinig tijd om zich daar zorgen over te maken. Ze rijden snel door naar de oude smederij voor een goede en verfrissende douche. De stoppels worden weggeschoren, het haar weer op orde gebracht en ze trekken snel schone kleding aan. Het enige zichtbare effect van de tocht zijn de zware kringen onder hun ogen.

Ook met een extra dosis espresso gaan die niet weg. Stipt om 13.00 worden ze bij de oude smederij afgehaald door Jean-Pierre en Pierre-Jean. Ze rijden naar een hotel-restaurant, ongeveer tien kilometer van Gazeres. De notaris en zijn vrouw staan al voor de deur om ze in ontvangst te nemen. Ze worden zeer vriendelijk verwelkomd en gaan daarna gezamenlijk naar een oubollige bespreekruimte, met houten lambrisering en vergeelde portretten. Als de deelnemers een plaats kiezen aan de tafel ontstaat er een drukkende atmosfeer in de ruimte. De notaris neemt plaats aan het hoofd van de tafel. Nadat de koffie geserveerd is, begint de notaris te vertellen wat de afgelopen weken gebeurd is. De boer, Jean Marconnet, is drie weken geleden plotseling overleden op 63-jarige leeftijd. Tot zijn huishouden behoren de huishoudster Bernadet en vier kinderen die ondertussen volwassen zijn. Bernadet heeft de afgelopen jaren, in de avonduren, een financiële opleiding gedaan en tegenwoordig beheert ze de complete boekhouding van het bedrijf. De kinderen van het gezin hebben samen met het personeel jarenlang keihard gewerkt aan modernisering en uitbreiding van het landbouwbedrijf. Alles liep goed en er leek geen wolkje aan de lucht te zijn, totdat Jean overleed. Na zijn dood hebben ze het hele huis op zijn kop gezet om een testament te vinden. Ze hebben geen enkel document gevonden waarin de erfkwestie vastgelegd is en daarom gaan ze er klakkeloos van uit dat ze op dezelfde manier verder kunnen met hun bedrijf.

Een week later is Jeans begrafenis, waar vele bekenden van de familie een waardig afscheid nemen. Na de begrafenis neemt Bernadet voor de zekerheid contact met mij op. Ze wil weten of er iets bekend is over een erfenis van Jean. Ik ben direct in mijn archieven en die van de gemeente gedoken. Op grond van meerdere documenten is geconcludeerd dat de erfkwestie juridisch zeer helder is. Ten eerste heb ik vastgesteld dat er nooit een rechtsgeldige erfenis voor Jean is opgesteld. Dat houdt niet automatisch in dat daarmee niet-verwante mensen recht zouden kunnen hebben op een deel van de erfenis. Er bestaat echter geen enkel bewijs dat de huishoudster en haar kinderen een familiaire en/of genetische verwantschap hebben met Jean. Door de dood en de daaropvolgende crematie van Jean is het onmogelijk om een genetische overeenkomst vast te stellen tussen Jean en Bernadet en haar kinderen. Een heel belangrijk document is de huwelijksakte van Jean en Julliet. Volgens deze akte zijn beide echtelieden onder gemeenschap van goederen getrouwd. Een akte van "scheiding van tafel en bed" of een acte van de "huwelijkse scheiding" is nooit gemaakt. Dat betekent dat beide echtelieden altijd een gemeenschappelijk bezit hebben. Het testament van Julliet beschrijft eenduidig dat haar "aangenomen zoon" Gerard de enige erfgenaam is van het complete bezit van Julliet. Nu beide echtelieden zijn gestorven, gaat het volledige vermogen van de roerende en onroerende goederen naar de enige erfgenaam: Gerard wonende in Delft, Nederland."

De notaris vervolgt: "Meer dan twee weken geleden heb ik de huishoudster en haar vier kinderen uitgenodigd voor een gesprek op mijn kantoor. Ik heb de gehele situatie rond de erfenis in details uitgelegd, en ook de consequentie dat de gehele erfenis naar Gerard gaat. Bernadet en haar kinderen stonden perplex. De oudste zoon vraagt aan mij of deze Gerard nu ook de eigenaar van de boerderij is. Ik heb dat bevestigd. Daarna werd de stemming steeds grimmiger. Toen ik merkte dat Bernadets kinderen niet alleen verbaal zeer agressief zijn, en ook begonnen te eisen dat alle genoemde documenten direct vernietigd moesten worden, heeft mijn assistente gelijk de politie gebeld. Ze waren snel ter plekke en hebben mij en mijn assistente in veiligheid gebracht. Een groot deel van mijn inventaris was in de tussentijd al behoorlijk beschadigd. En dit was nog maar het begin. Een paar dagen later, midden in de nacht, werden de ramen van mijn notariskantoor ingeslagen. Ze gooiden molotovcocktails door de gesplinterde ramen en daarna nog een handgranaat. De vuurzee en de luide explosie van de handgranaat wekten vele inwoners van Gazares. Verschillende mensen herkennen de vluchtende kinderen van de boerderij van Jean. Binnen een uur werden ze door de politie van hun bed gelicht en meegenomen voor het verhoor op het bureau. Gezien de zeer ernstige vergrijpen kwamen alle vier in voorlopige hechtenis. Vier dagen later werden ze voorgeleid aan het parket in Toulouse. Al snel komt naar voren dat hun daad bedoeld is om de erf-documenten te vernietigen. De vier kinderen zijn ervan uitgegaan dat een grote brand in het notariskantoor alle bewijzen over de erfenis vernietigt. Een behoorlijk naïeve aanname. Ze hadden niet gerekend met de brandvrije kluis waarin alle dossiers worden bewaard. Deze kluis is het enige object dat ondanks de brand en de explosie nog in zijn geheel behouden is gebleven. Alle dossiers zijn direct na de bluswerkzaamheden in veiligheid gebracht. Er werd een aanklacht ingediend tegen de vier, met het dwangbevel zich een week later te melden bij rechtbank in Toulouse. De politie gaat ervan uit dat ze niet vluchtgevaarlijk zijn, omdat ze gebonden zijn aan hun boerenbedrijf. Daarbij werd wel de restrictie opgelegd dat alle vier zich altijd binnen een straal van vijf kilometer van hun boerderij moeten bevinden. Nog geen vier dagen later werd het huis van de familie Piquard met een zwaar kaliber automatisch geweer beschoten. Ruiten sneuvelden en ook het dak werd beschadigd. Hun motief was dat zowel de notaris als de arts onder één hoedje spelen om de erfenis in andere handen te krijgen. Gelukkig zijn er geen gewonden of doden gevallen. Ook dit keer hebben de gewekte bewoners de twee daders herkend. De politie was snel gealarmeerd en was direct ter plekke, waar ze zagen dat de twee boerenzonen naar hun auto renden, een getunede rode Chevrolet Corvette. Beide mannen sprongen snel in hun auto en reden met grote snelheid weg. De politie van de omliggende gemeenten werd gealarmeerd om uit te kijken naar de rode Corvette, die met een hoge snelheid richting Toulouse reed. Er werd gewaarschuwd dat de daders mogelijk wapens droegen. Diverse straten richting Toulouse werden direct gesperd. Nog geen drie dorpen verder werden de daders al klemgereden door een aantal patrouilleauto's, waarbij zowel de Corvette als een politieauto zwaar beschadigd raakten. Gelukkig was niemand gewond geraakt. Geboeid werden beide mannen afgevoerd naar het politiebureau in Gazerres. In eerste instantie ontkennen zij al hun daden. Sporenonderzoek op de kleding en de huid toonde meerdere kruitsporen aan. De volgende dag werd in de berm van de weg, een paar honderd meter voor het punt waar ze aangehouden zijn, een automatisch wapen van het merk Kalasjnikov gevonden. Op het wapen werden bruikbare vingerafdrukken gevonden. De kruitsporen van het wapen en de sporen op de huid en kleding toonden aan dat zij onomstotelijk de daders zijn. Omdat het zeer zware vergrijpen zijn, werden beide mannen naar een zwaarbewaakte gevangenis in de buurt van Toulouse gebracht. Op deze locatie zijn de verdere verhoren afgenomen. De notaris verwacht dat voor beide mannen lange gevangenisstraffen zullen worden geëist. Gerard en Bert zijn zwaar geschokt door het verhaal van de notaris. Ze weten niet hoe ze hierop moeten reageren. Gerard neemt als eerste het woord. "Het liefste wil ik hier niets mee te maken hebben. Ik voel mij door de situatie bedreigd en ik heb geen enkele behoefte aan de erfenis van Jean. Het geld hoort bij de boerenfamilie. Ik denk dat wij geen enkele bijdrage kunnen leveren aan deze problemen, en daarom verzoeken wij u ons te excuseren. Wij zijn net begonnen met onze vakantie en willen graag genieten van onze welverdiende rust." Rustig vertelt de notaris dat dit niet mogelijk is. Gerard is direct betrokken bij hetgeen dat gebeurd is, door de toewijzing van zijn erfenis. Formeel is het zijn boerderij en zijn land. Daaraan kan en mag Gerard zich niet onttrekken. Gerard voelt zich voor het blok gesteld, en weet niet goed wat hij daarmee moet omgaan. De notaris besluit niet verder aan te dringen bij Gerard. Hij sluit daarom de bespreking af met: "Het is goed om eerst in alle rust de informatie die hier besproken is te laten bezinken. Jullie hebben een zeer lange dag gehad en ik stel voor dat wij de bespreking hier eindigen en dat wij elkaar morgen om 12.00 uur treffen bij het huis van de familie Piquard."

Gerard en Bert rijden naar de oude smederij, laden hun spullen uit en gaan tijdig naar bed om het slaapgebrek van de afgelopen nacht te compenseren. De volgende dag, stipt 12.00 uur, staan zij op de stoep van het huis van de Piquards. Pierre Jean geeft hun een hartelijk onthaal en brengt ze naar de woonkamer, waar de rest van de familie en het notarispaar al aanwezig zijn. Pierre Jean vertelt dat het vandaag de dag van de voorgeleiding van de twee oudste zoons is. Dit zal om 14.00 uur plaatsvinden bij het Hof van Justitie in Toulouse. Pierre Jean stelt voor om met twee auto's naar de rechtbank te gaan om het proces vanaf de tribune volgen. Ze nemen een kort lunch en vertrekken daarna naar Toulouse. Tijdens de zitting worden de twee broers aangeklaagd voor de volgende vergrijpen:

- Het illegaal bezit hebben van ten minste één automatisch wapen en explosieven.
- Brandstichting van het notariskantoor, met als gevolg de totale vernietiging van het complete gebouw.
- Gebruik van een niet toegestaan explosief object.
- Het bezit en gebruik van ten minste één automatisch wapen.
- De aanslag op het huis van de familie Piquard, met als gevolg grote zaakschade.

Aan het eind van de aanklachten vraagt de rechter of de aanklachten begrepen zijn. Beiden knikken bevestigend. Hij geeft ze ook ruimte om zaken te melden die eventueel relevant kunnen zijn voor de rechtszaak. Op aanbeveling van hun advocaat hebben ze het zwijgrecht gebruikt. Na de voorgeleiding worden beide mannen naar hun cellen gebracht, in afwachting van de vaststelling van de datum van het strafproces door het hof van justitie. De nieuwe zitting zal binnen een periode van vijf weken plaatsvinden. Na drie weken komt de openbare zitting voor het gerecht, waarbij alle partijen aanwezig zijn met hun juridische vertegenwoordiging. Het proces begint met het pleidooi van de verdachten. De twee advocaten van de daders houden een pleidooi over de wanhoopsdaden van de verdachten die ingegeven zijn door het wegnemen van hun existentie door het toe-eigenen van het complete bezit van de familie. De plotselinge existentiële bedreiging heeft bij de familie extreme stresssituaties veroorzaakt, die tot niet-rationele acties en geweld hebben geleid. Ze stellen dat er geen bewijs van enige vorm van medeplichtigheid van de huishoudster en haar twee jongste kinderen. Daarna komt het pleidooi van de eisende partij, in casu de advocaat van de notaris en familie Piquard. De advocaat pleit dat er zich extreem zware geweldsdelicten hebben voorgedaan, die grote financiële zaakschade veroorzaakt hebben voor de beide partijen. Daarnaast hebben zij psychisch geleden onder de levensbedreigende aanslagen die hebben plaatsgevonden. Beide slachtoffers hebben inschattingen laten maken van geleden materiële en immateriële schade door een onafhankelijke schade-expert. Hun eerste inschatting is een schade van 1,3 miljoen franc. De verzekeringen van beide partijen eisen dat de daders binnen veertien dagen een borgsom moeten overmaken naar de juristen van de getroffenen. Het totale bedrag wordt a priori vastgesteld op 20% van de, op basis van inschatting, materiële en immateriële schade, de kosten van juristen en het repareren van de acute schade. Na dit pleidooi komt er een luid protest van de familie. Er worden veel woorden gebruikt die niet in de rechtszaak thuishoren. De advocaten van de familie proberen de familie te kalmeren. De vonk is in het kruitvat gevlogen. De medewerkers van het parket hebben grote moeite om beide daders in de boeien te slaan en af te voeren. De zitting is beëindigd. Na de rechtszaak nodigt Gerard de notaris, Jean Pier, Pier Jean en Bert uit voor een nabespreking in de zaal van het hotel-restaurant dat ze al eerder hebben gebruikt. Als iedereen zijn consumpties heeft gekregen, neemt Gerard de aftrap. "Het is een treurige dag geweest voor ons, maar ook voor de boerenfamilie. Het bedrijf verliest hun twee meest competente landbouwers, en ik verwacht dat dit langere tijd het geval zal zijn. Daarbij ga ik ervan uit dat beiden meerdere jaren in hun cellen moeten doorbrengen. Op dit moment begint de tijd om in te zaaien. Ik ben vanochtend vroeg met mijn auto langs hun landerijen gereden. De velden staan er slecht en verwaarloosd bij. Ik ga ervan uit dat de inkomsten van hun bedrijf snel gaan dalen. Daarnaast zal er ook geld op tafel moeten komen voor juridische ondersteuning en waarschijnlijk ook voor herstel van de geleden schade. Ik kan de toekomst niet voorspellen, maar ik ga ervan uit dat, zonder extra maatregelen, het bedrijf voor het eind van het jaar failliet is." Gerard neemt even pauze voor een slok koffie en gaat dan verder: "Op de boerderij liggen de wortels van hoe en wat ik ben. Helaas was het nodig om mij om te planten naar Nederland. Dat neemt niet weg dat mijn wortels hier nog diep in de grond liggen. Naast de wortels liggen op dit land ook mijn herinneringen, mijn kinderjaren, schooljaren, vrienden, de mooie vergezichten op de bergen, het goede weer, het kijken naar de oud mannen die jeux de boules spelen naast de kerk, ouwehoeren op het terras van een café in Gazeres met een Pastis of een goed glas wijn en je niet zo druk maken over zaken waar je toch niets aan kan doen. Allemaal dingen die ik "thuis" in Nederland vaak gemist heb. Als ik hier ben, voel ik mij weer samen met Julliet, de moeder die mij zoveel liefde gegeven heeft, in goede en slechte tijden. Wat mij betreft mag dit land nooit in andere handen vallen. Wat hier ligt, is voor mij voor geen geld te verkopen. Ik wil dat ik hier altijd terug kan komen en om ervoor te zorgen dat ik nooit mijn wortels zal verliezen. Ik heb daarom besloten de erfenis te accepteren om mijn wortels te behouden en te beschermen. Daarbij heb ik zeker oog voor de ontstane situatie van Bernadet en haar kinderen. Ze hebben jarenlang hard gewerkt voor het bedrijf. Ik wil dat zij, hun kinderen en kleinkinderen kunnen blijven leven, werken, eten, feesten en slapen op dat land." Het blijft even stil, en dan kijkt Gerard naar de notaris. "Ik heb dit bedrijf geërfd en ik wil dat het blijft bestaan. Bernadet en haar kinderen zullen niet in staat zijn de schade van de oudste broers te compenseren. Als er niets gedaan wordt, is het bedrijf snel failliet. Waarschijnlijk zal het dan geveild worden en in andermans handen komen." De meesten knikken instemmend op de woorden van Gerard. De blik van de notaris toont aan dat hij het er niet mee eens is. Daarom geeft Gerard als eerste het woord aan de notaris. Hij raadt aan om het bedrijf zo snel mogelijk te verkopen. "Het is nu nog een redelijk gezond bedrijf. Verschillende boeren uit de omgeving hebben hem al gevraagd of het land en de opstallen verkocht zullen worden. De waarde van het bedrijf is door een bedrijfsmakelaar geschat op ongeveer drie miljoen franc. Na aftrek van alle kosten zal de erfgenaam, Gerard, een bedrag van ongeveer twee-en-een-half miljoen franc krijgen. Als er langer gewacht wordt, zal de waarde van het bedrijf snel naar beneden gaan, voornamelijk omdat de twee meest kundige zonen zijn weggevallen. De andere drie hebben onvoldoende kennis en ervaring met de bedrijfsvoering. Kortom, er is een grote kans dat het bedrijf in korte tijd failliet zal gaan. Zoals ik al eerder vertelde, langer wachten zorgt voor een zeer snel waardeverlies. Wij moeten nu handelen. Ik stel daarom voor het bedrijf zo snel als mogelijk door een bedrijfsmakelaar te laten taxeren, en vervolgens een openbare inschrijving te organiseren voor het veilen van het land en de opstallen." Gerard raakt behoorlijk geïrriteerd voor de rücksichtsloze, zakelijke aanpak van de notaris. En hij is niet de enige. Ook de Piquards en Bert wijzen het voorstel af. Bert stelt voor om zo snel mogelijk met Bernadet en de twee jongste kinderen een afspraak te maken. "Wij kunnen niet over hun hoofden heen besluiten hoe hun toekomst eruit moet zien." Allen vinden dat er snel gehandeld moet worden. Het is te verwachten dat er snel nieuw kapitaal in het bedrijf gestoken moet worden. En dat zal voor een behoorlijk deel "vreemd geld" zijn.

Een half uur later staan Gerard en Bert voor de deur van de boerderij. Bernadet nodigt ze uit om binnen te komen. Ze worden naar de grote, massieve eikenhouten tafel geleid. Als ze gaan zitten heerst er een gespannen stilte. Even later serveert Bernadet twee grote dampende koppen koffie en gaat aan de andere kant van de tafel zitten. Kort daarna komen Bernadets twee jongste zonen binnen, die aan weerszijden van hun moeder gaan zitten. Gerard vertelt dat hun doel van het gesprek is te helpen de boerderij te behouden. Hij vindt dat zijn volledige erfenis daarom naar het boerenbedrijf en de familie moet gaan. Bernadet en de twee zonen kijken Gerard verbaasd aan.

Gerard gaat verder. "Jullie hebben een goedlopend agrarisch bedrijf opgebouwd. Ik ga er daarom van uit dat jullie verder willen met dit bedrijf." Bernadet en haar zonen knikken instemmend. De één-na jongste roept brutaal: "Maak dat geld dan maar direct aan ons over." Gerard kijkt de zoon aan en zegt: "Ik zou dat kunnen doen, maar dat gaat niet al jullie problemen oplossen. Twee van jullie broers zullen voor langere tijd in de gevangenis moeten blijven. Jullie oudere broers hebben de meeste kennis van de bedrijfsvoering. Ik vrees dat er nu grote gaten gaan vallen die niet gemakkelijk te vullen zijn. Wie maakt nu de inzaaiplannen? Hoe komen jullie aan nieuwe, ervaren medewerkers? De kans is behoorlijk groot dat jullie bedrijf failliet gaat en vervolgens verkocht moet worden." Het jongste, timide kind kijkt Gerard vragend aan en vraagt zachtjes waarom dat zou kunnen gebeuren. "Heel concreet; jullie oudste broers hebben het totaal verbruikt met hun acties. Ze hebben veel schade aangericht. Deze schade zal betaald moeten worden. Ik vrees dat de hoge schadevergoedingen die het gerecht geëist heeft snel tot het faillissement van jullie bedrijf leidt. Ik wil niet dat dit gebeurt en ik ga ervan uit dat jullie dat ook niet willen." Alle drie knikken éénstemmig. Daarna valt er een lange, ijzige stilte. Alle drie hebben tijd nodig om de informatie te verwerken. Na de lange en pijnlijke stilte begint Bernadet te praten. "Ik vrees dat je volledig gelijk hebt." "Zoals wij er nu voorstaan, gaat het niet goed." Ze vraagt wat de twee kinderen denken. Beiden zeggen niets, maar knikken instemmend. Gerard merkt dat het probleem langzaam is ingedaald.

Na een korte pauze gaat Gerard verder. "Vandaag hebben wij gesproken met de notaris en de Piquards.

Ik heb daar toegezegd dat de erfenis volledig gebruikt zal worden voor jullie bedrijf. Maar dat zal niet genoeg zijn." Hij kijkt vervolgens naar Bernadet en vraagt haar of zij bereid is de huidige financiële situatie te bespreken. Bernadet haalt haar boekhouding. Met enige schroom vertelt ze dat er momenteel een negatieve balans is tussen de kosten en de baten. "Het wegvallen van mijn twee oudste zoons heeft ertoe geleid dat er minder ingezaaid is dan begroot was, en daarnaast is het ons niet gelukt om voldoende medewerkers te krijgen voor de oogst. Ik heb de indruk dat veel dagloners ons bedrijf zien als een "besmet bedrijf" met criminele eigenaars. Mijn prognose is dat wij de komende drie maanden diep in de rode cijfers gaan komen." Nadat ze dit verteld heeft, krijgt ze een gevoel van schaamte die zich uit in een behoorlijk rode gezichtskleur. Gerard en Bert schrikken van dit nieuws. Het bevestigt dat de notaris gelijk had met zijn vooronderstellingen. Gerard kijkt enige tijd nadenkend en verdrietig. Hun bedrijf gaat hem zeer ter harte. "Het is jullie plek, maar het was ook mijn plek. Ik wil dat niet verliezen, en jullie ook niet neem ik aan." Alle drie knikken eenstemmig. De emoties worden weggeslikt, maar ze zijn behoorlijk speurbaar. Bert springt daarom in voor Gerard, die vecht tegen zijn emoties. "Ik zie maar één mogelijkheid. Er moet snel "nieuw geld" komen om het bedrijf voort te kunnen zetten. Daarom moet er met spoed een overlevingsplan gemaakt worden. Gerard, de notaris en de Piquards hebben binnenkort een afspraak met een accountantsbureau. Bernadet wordt van harte uitgenodigd om aan de gesprekken deel te nemen. Het laatste nieuws is dat Brigitte, de CEO van Femmes Verts Bernadet wil ondersteunen. Bernadet is altijd welkom voor vragen en hulp. De notaris en de familie Piquard en Gerard zijn al bereid te investeren in het bedrijf. Het gevolg ervan is dat er een andere "rechtsvorm" moet komen. Morgenmiddag om één uur willen wij graag met jullie en de notaris de mogelijkheden bespreken." Alle drie stemmen daarmee in en bieden aan de bespreking op de boerderij te houden. Dan stelt Gerard voor de bespreking te besluiten. Hij haalt een fles Cognac uit zijn tas en zet die op tafel. De spanning valt weg, en er wordt heel veel gesproken. Twee uur later, enigszins aangeschoten, nemen Gerard en Bert afscheid.

Vroeg in de morgen staan Gerard en Bernadet in het kantoor van Brigitte. Brigitte is bereid financieel te helpen, ten eerste omdat zij graag wil dat de boerderij producten voor Femmes Verts gaat produceren en ten tweede omdat Bernadet een leidende rol heeft in het bedrijf. Brigitte is bekend met de problemen die de oudste twee zonen veroorzaakt hebben, en heeft wel enige twijfel over een doorstart. De toezeggingen van de eerste drie financiers geeft haar voldoende vertrouwen om een forse financiële injectie toe te zeggen. Opgelucht verlaten Bernadette en Gerard het bedrijf. Die middag komen de notaris, een bedrijfsjurist, Gerard en de drieledige familie weer op bezoek bij de boerderij. De notaris opent de vergadering en nodigt allen uit zich kort voor te stellen. Na deze ronde geeft de notaris het woord aan de bedrijfsjurist die naast hem zit. De jurist presenteert alle mogelijkheden op een overheadprojector. Het is een langdradig en gedetailleerd verhaal over de meer dan twintig soorten rechtsvormen die mogelijk zijn in Frankrijk. Uiteindelijk blijkt dat "Entreprise Agricole à Responsabilité Limitée" het beste past bij hun bedrijf.

Daarna komt hij met een gedetailleerd verhaal hoe deze bedrijfsvorm werkt. In essentie is het een bedrijf waar maximaal tien personen eigenaar zijn. Daarna komen er veel vragen en veel antwoorden. Voor Bernadet en haar kinderen is het soms lastig de discussie te volgen, ook al doen de jurist en de notaris hun uiterste best de details uit te leggen. Gelukkig is docent Gerard goed geschoold in het omzetten van een complex verhaal in begrijpelijke taal. Het valt op dat de Bernadet steeds vaker het woord heeft en minstens net zo hard onderhandelt als de anderen. Haar optreden levert veel respect op bij de andere deelnemers. Aan het eind van de middag wordt besloten dat Bernadet de directeur van het nieuwe boerenbedrijf zal worden. Allen feliciteren haar. De andere beslissingen zijn de oprichting van een adviesraad van twee landbouwexperts en een zakelijk-financiële adviesraad. Het fundament van de doorstart van het bedrijf is gelegd. Nadat alle besluiten zijn vastgelegd op papier, komen de flessen op tafel om de aanstelling van Bernadet te vieren. Er wordt veel getoost op de Bernadets nieuwe rol. Na een paar uur en enigszins aangeschoten vertrekken de deelnemers in het schemerlicht naar hun huizen.

Voor Gerard en Bert begint de tijd te dringen. Ze moeten maandagochtend weer voor de klas staan en hebben nog maar twee dagen voor ze moeten vertrekken. Deze gebruiken ze om zo veel mogelijk te organiseren voor de doorstart van het nieuwe bedrijf. Vrijdagavond nodigt de familie Piquard hen uit voor het afscheidsdiner, bestaande uit hoogtepunten van de haute cuisine van de regio aangevuld met kostelijke wijnen. Vroeg op de zaterdagmorgen, met enige restalcohol in de aderen, maken ze hun laatste afscheidsronde langs alle personen die ze de afgelopen weken gesproken hebben.

Terug in Rijswijk bellen Gerard en Bert wekelijks met Jean-Pierre en Pierre-Jean, om op de hoogte gehouden te worden van de doorstart van de boerderij. Bernadet pakt haar nieuwe rol als bedrijfsleider zeer goed op en zij ontpopt zich als een krachtige, doortastende manager. Ze heeft veel steun van haar twee jongste kinderen. Binnen twee maanden is de nieuwe financiering van het bedrijf geregeld. Als eerste worden twee ervaren medewerkers aangenomen voor kleine reparaties en het onderhoud van de machines. Een net afgestudeerde landbouwspecialist krijgt de baan als planner voor de zaai- en oogstwerkzaamheden. Met dit nieuwe personeel is het gat dat de twee oudste zonen achtergelaten hebben meer dan gevuld.

Op een dag krijgt Bernadet spontaan bezoek van Brigitte. Ze biedt haar kennis en ervaring met haar "groene bedrijf" aan om Bernadet te ondersteunen van vrouw tot vrouw. Ze hoopt te voorkomen dat Bernadet dezelfde fouten maakt die zij gemaakt heeft. Vanaf die tijd komen beide dames geregeld bij elkaar over de vloer. Brigitte wordt de vaste sparringpartner voor Bernadet, in goede en slechte tijden.

De twee oudste broers leiden een kwijnend bestaan in de gevangenis. Hun leven is teruggebracht tot een kleine cel met twee keer per dag een paar uur op de luchtplaats en in het weekend een kort bezoek van Bernadet. Na meer dan twee jaar detentie valt het op dat de jongere broer steeds gedeprimeerder wordt. Zijn eetlust neemt af, hij slaapt slecht en zit dagenlang alleen in zijn cel. De eenzaamheid van de cel maakt hem nog depressiever. Uiteindelijk zit hij de hele dagen apathisch, met een wazige blik voor zich uit te kijken. Na enige weken merken de gevangenbewaarders dat hij nauwelijks meer in staat is een samenhangend gesprek te voeren. Op hun vragen geeft hij korte, emotieloze antwoorden. Er wordt een psychiater bij gehaald, die een zeer zware depressie vaststelt met apathisch neurotische symptomen. De zoon wordt voor onderzoek naar een gesloten psychiatrisch centrum gebracht. Het personeel van het centrum heeft veel moeite om contact met hem te maken. Ze geven hem enige dagen de tijd om te acclimatiseren, ondersteund met diverse psychofarmaca. Langzaam wordt hij wat aanspreekbaarder en na vijf weken kan met de therapie begonnen worden. Het valt verplegend personeel en ook de therapeuten op dat hij moeite heeft een zelfstandige mening te vormen. Hij praat vooral in de wij-vorm en vertelt veel over zijn broer en hemzelf. Zijn broer is zijn voorbeeld, zijn held. Als hij over zichzelf praat, komt hij moeilijk uit zijn woorden. Hij is dan erg schuchter. Het wordt in de gesprekken steeds duidelijker dat hij zijn identiteit ontleent aan die van zijn broer. De psychiater diagnosticeert een typisch helperssyndroom. Mensen met deze aandoening hebben een dwangmatig gevoel dat ze anderen moet helpen. Juist door iemand te helpen voelen ze zich goed en dat leidt af van hun eigen beslommeringen. Door zijn externe focus op zijn broer is hij emotioneel volledig afhankelijk geworden van zijn broer en komt daardoor volledig in zijn broers macht. Hij doet daarom blind wat hem gevraagd werd, zonder een eigen mening over de daden en de consequenties. Uit de diverse gesprekken blijkt dat hij de handgranaat in het notariskantoor gegooid heeft, puur en alleen om aan de wensen van zijn broer te doen. Er wordt een complete batterij additionele

185

psychische testen doorgevoerd, die allen erop wijzen dat de man geen eigen identiteit heeft kunnen ontwikkelen. Hij ontleent zijn meningen, gedachten en gevoelens volledig aan degene die een onvoorwaardelijke leiding over hem heeft. Deze mensen zijn een gevaar voor zichzelf en hun omgeving. Hij verblijft langere tijd in de gesloten psychiatrische inrichting en krijgt zeer uitgebreide cognitieve psychotherapieën, die hem helpen eigen keuzes te maken over zichzelf en ten opzichte van anderen. De diagnoses leiden ertoe dat de opgelegde detentie in de gevangenis wordt opgeven. Het is duidelijk dat de oudere broer jarenlang misbruik gemaakt heeft van zijn jongere broer, en daarvoor wordt hij opnieuw voorgeleid aan officier van justitie. Schoorvoetend bekent hij dat hij zijn broer, door hem onderdanig te maken aan zijn wil, voor tal van criminele activiteiten misbruikt heeft. Het gerecht bepaalt dat hier een extra straf op zijn plaats is, en de detentie wordt met een half jaar verlengd.

Bernadet heeft de problemen van haar tweede zoon gevolgd. Ze verwijt zichzelf dat ze niet gemerkt heeft hoezeer haar tweede zoon heeft geleden. In één van de gesprekken met de behandelende psycholoog, bespreekt zij haar opvoedkundige tekortkomingen. Hij legt uit dat vooral de omstandigheden de karakters van beide jongens gevormd heeft. "Het is zinloos de schuld op je te nemen en jezelf verwijten te maken. Het verleden is voorbij. Belangrijk is de toekomst. Je tweede zoon heeft je hard nodig om weer te kunnen integreren in de maatschappij. Dat is nu de focus. Steek de hand naar hem uit en help hem weer op eigen benen te staan." Bernadet voelt zich opgelucht na het gesprek. Drie weken laten is de zoon voldoende hersteld om naar huis te gaan. Bernadet haalt hem af. Op de boerderij wordt hij door iedereen verwelkomd, en er wordt uitgebreid gevierd dat het verloren schaap weer terug op de stal is, en weer deel wordt van de familie en het bedrijf.

De oudste broer is behoorlijk gefrustreerd door het vertrek van zijn broer. Hij heeft niemand meer die hem rugdekking kan geven en zijn klussen kan doen. Nu dit weg is gevallen, hebben zijn medegevangenen nauwelijks nog respect voor hem, wat hem mateloos irriteert. En dat leidt bij hem weer tot meer agressie. Een medegevangene, die hem op de luchtplaats een vuurtje vraagt, wordt zodanig toegetakeld dat hij met zware verwondingen in het ziekenhuis wordt opgenomen. Ook toont de zoon meer agressief gedrag tegenover personeel. Meerdere cipiers zijn bedreigd. Het leidt ertoe dat zijn verblijf een half jaar langer duurt dan verwacht.

Al die tijd is Bernadet sporadisch op bezoek geweest bij haar oudste zoon. Langzaam komt het einde van de detentie in zicht. Het nieuws dat hij binnenkort vrijgelaten wordt, beangstigt haar. Het gaat thuis nu zeer goed met haar tweede zoon. Hij heeft een studie landbouwtechniek gedaan, en voelt zich helemaal thuis met het onderhoud en aankopen. Samen met de drie andere kinderen besluit ze dat haar oudste zoon geen rol kan en mag spelen op het bedrijf. Ook vindt ze het ongewenst om hem op het bedrijf te laten wonen. Bernadet huurt voor hem een appartement in Gazeres met daarbij de opdracht dat hij eerst maar moet tonen dat hij op eigen benen kan staan met een baan, voordat hij de boerderij mag betreden. Het heeft lang geduurd om zijn leven weer een zingeving te geven. Op een dag ontmoet hij een jonge vrouw in een bar, waar hij gelijk een klik mee heeft. Zo goed zelfs dat er na een jaar een kind ter wereld is gekomen. De geboorte van zijn zoon heeft zijn wereld compleet veranderd. Hij handelt nu minder impulsief en veel doordachter. Als snel kreeg hij een baan bij het garagebedrijf van Gazeres, wat hem uitstekend bevalt.

En hoe ging het verder met Gerard en Bert? Na tien jaar lesgeven begint Bert moedelozer te worden. De nieuwe generatie is nauwelijks meer geïnteresseerd in scheikunde. Dit komt omdat er steeds meer nieuws is over de invloed van chemie op de natuur, ons voedsel, oceanen. De kinderen hebben steeds meer angst voor giftige gassen uit schoorstenen, zwaar vervuilde bodems en de groeiende macht van grote chemiemultinationals, en de verandering van het klimaat.

Om op de hoogte te blijven van de chemische ontwikkelingen is hij lid van de Koninklijke Nederlandse Chemische Vereniging (KNCV). Bij het jaarcongres komt hij in contact met een manager van AKZO Nobel. Er is een klik tussen beide mannen. De manager vertelt dat hij een vacature heeft bij AKZO Nobel Functional Chemicals B.V. Hij nodigt Bert uit voor een gesprek op de locatie waar hij aangenomen wordt. Bij dit bedrijf leert hij zijn vrouw kennen. Ze hebben tegenwoordig twee kinderen.

Gerard blijft in het Franstalig onderwijs. Daarnaast blijft hij ook een verstokte vrijgezel. Al zijn vakanties brengt hij door in Saint-Christaud, waar hij geregeld meehelpt op de boerderij. Hij is heel blij dat de boerderij nog steeds zijn plekje is waar hij een goede jeugd en veel liefde van Juliet heeft gehad.

De auteur

Rob Versluijs werkt al meer dan veertig jaar als business manager voor diverse industrieën in binnen- en buitenland. Tijdens lange zakelijke reizen heeft hij vele scenario's uitgewerkt voor tal van boeken, maar hij heeft nooit de tijd gehad om deze verhalen verder uit te werken. Twee jaar geleden besloot hij minder te gaan werken om romans te gaan schrijven. "De kleuter die uit de trein stapte en verdween" is zijn debuutroman.

De uitgeverij

Wie ophoudt beter te worden is opgehouden goed te zijn!

Op basis van dit motto zoekt uitgeverij novum steeds nieuwe manuscripten! Ondertussen zijn wij in Nederland, Duitsland, Oostenrijk en Zwitserland dé specialist voor nieuwe auteurs.

Elk manuscript dat wij ontvangen wordt gratis door onze redactie beoordeeld.

Meer informatie over onze uitgeverij en over onze boeken kunt u op online vinden onder:

w w w . n o v u m p u b l i s h i n g . n l